KB174174

톨스토이 명작 단편선

백준현 옮김

■ 백준현 옮김

서울대학교 노어노문학과를 졸업하였으며 동대학원에서 도스토예프스키 연구
로 박사 학위를 받았다. 서울대, 한국외대, 성균관대, 상명대 강사를 역임하였으
며 1998년부터 상명대학교에서 교수로 재직 중이다. 주요 연구 분야는 도스토예
프스키, 뿌쉬낀, 레르몬또프를 위주로 하는 19세기 러시아 소설이며, 실용 러시아
어 어휘론을 비롯한 러시아어 학습서들도 저술하고 있다. 주요 논문과 저작, 역서
로 「뿌쉬낀의 「벨낀 이야기」에 나타난 벨낀과 역사성의 문제」, 「도스토예프스키
초기작들에 나타난 인간관」, 『러시아 현대 소설 선집』 2(공역), 『중급러시아어』,
『중급러시아어』 2, 『도스토예프스키 단편선』, 『우리 시대의 영웅』, 『지하로부터
의 수기』 등이 있다.

톨스토이 명작 단편선

© 백준현, 2019

1판 1쇄 인쇄__2019년 02월 18일
1판 1쇄 발행__2019년 02월 28일

지은이__톨스토이
옮긴이__백준현
펴낸이__홍정표
펴낸곳__작가와비평
　　　　등록__제2018-000059호
　　　　이메일__edit@gcbook.co.kr

공급처__(주)글로벌콘텐츠출판그룹
　　　　대표__홍정표
　　　　주소__서울특별시 강동구 풍성로 87-6
　　　　전화__02) 488-3280　**팩스**__02) 488-3281
　　　　홈페이지__http://www.gcbook.co.kr

값 12,800원
ISBN 979-11-5592-230-9 03890

※ 본 연구는 2017년도 상명대학교 교내연구비를 지원받아 수행하였음.

톨스토이 명작 단편선

백준현 옮김

작가와비평

▌일러두기

1. 러시아어 자음의 한글 표기는 원어발음을 최대한 충실히 전달하기 위해 к, т, п 자음이 된소리(ㄲ, ㄸ, ㅃ)로 발음되는 경우와 연자음화, 무성음화의 경우를 모두 반영하여 표기하였음. 단, 이미 관용적 표기가 된 '톨스토이'는 그대로 'ㅌ'로 표기하였음.

2. 톨스토이의 원작에서 간혹 프랑스어와 라틴어로 써 있는 단어들은 독서의 편의를 위해 이 번역본에서 각주로 처리하지 않고 해당 외국어 단어 옆에 괄호 처리하여 바로 한국어 번역으로 표기하였음. 이 번역본의 모든 설명 각주는 번역자가 작성한 것임.

3. 원작에서의 단락이 상당히 길고 내용이 다소 난해한 경우에는, 독자들의 독서 편의와 이해도 증진을 위해 단락의 흐름을 저해하지 않는 한도 내에서 해당 단락을 다시 몇 개의 소 단락으로 구분하여 번역한 곳이 있음. 러시아어 원작과 대조하면서 읽으실 독자들은 이 점을 고려해주시기 바람.

4. 이 번역서의 원전으로는 모스크바의
   ≪Художественная литература≫ 출판사가 발행한 톨스토이 선집(총 22권)을 사용하였음.
   (ЛН Толстой Собрание сочинений в 22 тт. Москва: Художественная литература, 1978-1985)

세 죽음

단편 소설

〈1〉

가을이었다. 큰 길을 따라 마차 두 대가 빠른 속도로 달려가고 있었다. 앞에서 달리는 여행용 마차[1]에는 여자 둘이 타고 있었다. 한 명은 마르고 창백한 부인이었고, 다른 한 명은 윤기 나는 발그스레한 얼굴에 통통한 몸집의 하녀였다. 하녀의 짧고 건조한 머리카락들은 색 바랜 모자 밑으로 삐져나와 있었는데, 그녀

---

1) 여기에서 '여행용 마차'는 러시아어의 까레따(карета)를 번역한 것으로서, 까레따는 벽, 문, 창문 등으로 사방이 둘러싸인 상자형의 객실과 앞쪽의 마부석으로 이루어진 비교적 고가의 여행용 혹은 이동용 사륜마차를 말한다. 여기서는 편의상 여행용 마차로 번역한다.

는 구멍 뚫린 장갑을 낀 손으로 머리카락을 계속해서 매만지고 있었다. 융단 솔에 가려진 채 높이 솟은 가슴은 건강하게 오르내리고 있었고, 민첩한 검은 두 눈은 스쳐 달아나는 창밖의 들판을 주시하는가 하면 소심하게 부인을 흘끗거리기도 하고 마차의 구석구석을 불안하게 둘러보기도 했다. 하녀의 코앞에서는 그물에 매달아 놓은 부인의 모자가 흔들거리고 있었고 무릎 위에는 강아지가 엎드려 있었다. 하녀는 바닥에 놓여 있던 귀중품 상자들 위쪽으로 발을 치켜 올려두고 있었는데, 마차 스프링이 삐걱거리는 소리와 유리창이 덜컹거리는 소리 사이에서 들릴락 말락 하게 귀중품 상자들을 발로 톡톡 두드리고 있었다.

눈을 감은 채 무릎 위에 손을 포개놓고 있던 부인은 등 뒤에 받쳐놓은 쿠션들에 의지하여 약간씩 몸이 흔들리고 있었으며, 얼굴을 살짝 찌푸린 채 마른기침을 하고 있었다. 머리에는 하얀 나이트캡을 쓰고 있었고 부드럽고 창백한 목에는 하늘색 스카프를 두르고 있었다. 나이트캡에 약간 가려진 곧은 가르마는 포마드를 발라서 유난히 납작해져 버린 연한 갈색 머리를 둘로 가르고 있었으며, 가르마를 탄 밑으로 넓게 드러 난 하얀 이마에서는 뭔가 건조하고도 죽은 사람 같은 느낌이 피어올랐다. 시들고 다소 누런빛의 피부로 인 해 섬세하고도 아름다운 얼굴 윤곽이 빛을 잃고 있었 고, 뺨과 광대뼈는 불그스레해져 있었다. 입술은 바싹 마른 채 불안해 보였으며 성긴 속눈썹은 탄력을 잃은 채 처져 있었다. 나사(羅紗) 직물로 만든 여행용 외투 는 그녀의 움푹 꺼진 가슴 부분에서 몇 줄로 곧은 주 름이 나 있었다. 그녀는 눈을 감고 있었지만 얼굴에는 피로와 초조함, 그리고 익숙해져버린 고통이 드러나 있었다.

하인은 마부 옆자리에서 자기 의자에 팔꿈치를 괸 채 졸고 있었다. 마부는 활기차게 소리치며 땀투성이 의 말 네 마리를 몰아대고 있었는데, 뒤에서 무개마 차[2]를 몰며 역시 소리를 치고 있던 다른 마부를 가끔 씩 흘끗거리기도 했다. 마차 바퀴들의 넓은 자국이 석

---

2) 여기에서 '무개마차'는 러시아어의 깔랴스까(коляска)를 번역한 것이다. 깔랴스까는 대개 단거리 이동이나 물품 운송을 주목적으 로 쓰였으며 마차 위쪽을 완전히 혹은 반 정도 개방한 형태이다. 여기서는 편의상 무개마차로 번역한다.

회질의 진흙길 위에 고르고 빠르게 두 갈래 평행선의 흔적을 새겨갔다. 하늘은 잿빛이었고 날씨는 추웠다. 축축한 안개가 들판과 길 위로 뿌려져 있었다. 여행용 마차 안은 답답했고 향수와 먼지 냄새가 났다. 몸이 아픈 부인은 고개를 뒤로 젖히고는 천천히 눈을 떴다. 아름다운 흑갈색의 커다란 두 눈이 반짝거리고 있었다.

"너 또 이러는구나." 자신의 다리를 살짝 건드린 하녀의 외투 끝자락을 야위고 아름다운 손가락으로 신경질적으로 밀쳐내며 그녀가 말했다. 그녀의 입이 병적으로 일그러졌다. 하녀 마뜨료샤는 두 손으로 외투를 잡아 올린 후 힘센 두 다리로 몸을 살짝 일으키고는 좀 떨어진 곳에 가서 다시 앉았다. 생기 넘치는 그녀의 얼굴은 선명한 홍조를 띠고 있었다. 아픈 부인의 아름다운 흑갈색 두 눈은 하녀의 모든 움직임을 따라다녔다. 부인 역시 좀 더 높은 쪽으로 옮겨 앉으려고 두 손으로 좌석을 잡고 몸을 일으키려 했지만 힘이 따라주지 않았다. 그녀의 입이 일그러졌고 얼굴은 온통 무기력하고 악의에 찬 냉소로 뒤틀렸다.

"날 좀 도와주면 좋겠는데!… 아아! 관둬! 나 혼자

할 수 있겠다. 내 뒤에다 너의 그 자루 같은 것들이나 놓지 마라. 부탁이다…! 아니, 그렇게밖에 못할 거면 그냥 거기다 놔두는 게 더 낫겠다!"

부인은 눈을 감았지만 금방 다시 눈꺼풀을 들어 올리고 하녀를 쳐다보았다. 마뜨료샤는 그녀를 바라보며 붉은 아랫입술을 깨물었다. 힘겨운 한숨이 병자의 가슴에서부터 올라왔지만, 그 한숨은 채 입 밖으로 나오기도 전에 기침으로 변했다. 그녀는 몸을 돌리고 얼굴을 찡그리면서 두 손으로 가슴을 움켜잡았다. 기침이 사라지자 그녀는 다시 눈을 감고 꼼짝도 하지 않았다. 여행용 마차와 무개마차는 마을로 들어섰다. 마뜨료샤는 손수건 밑에서 통통한 손을 빼내더니 성호를 그었다.

"무슨 일이니?"

"마차 역이에요, 마님."

"왜 성호를 긋느냐고 물어보는 거야."

"교회가 보이니까요, 마님."

아픈 부인은 창 쪽으로 몸을 돌리더니, 여행용 마차가 지나가고 있는 커다란 시골 교회를 눈을 크게 뜨고 바라보면서 천천히 성호를 긋기 시작했다.

여행용 마차와 무개마차는 함께 마차 역 앞에 멈춰 섰다. 무개마차에서 병자의 남편과 의사가 내려 여행용 마차 쪽으로 다가왔다.

"몸은 좀 어떠십니까?" 맥박을 재며 의사가 물었다.

"여보, 어때, 피곤하지 않아?" 남편이 프랑스어로 물었다. "내리고 싶지 않아?"

마뜨료샤는 보따리들을 챙기더니 얘기에 방해가 되지 않기 위해 구석에 웅크렸다.

"괜찮아요, 늘 똑같죠." 환자가 대답했다. "내리진 않을래요."

남편은 잠시 서 있다가 마차 역 건물로 들어갔다. 마뜨료샤는 여행용 마차에서 훌쩍 뛰어내리더니 발뒤꿈치를 들고 진흙길을 뛰어서 마차 역 정문 안으로 들어갔다.

"제 몸 상태가 좋지 않다고 해도 그것 때문에 당신이 아침 식사를 거르실 필요는 없어요." 병자는 자기 옆에 서 있던 의사에게 희미한 미소를 지어보이며 말했다.

'이 사람들은 아무도 내 일에 관심이 없는 거야.' 의사가 다소곳한 걸음으로 몸을 돌린 후에 빠른 걸음으로 마차 역 건물의 계단을 뛰어올라가자 병자는 마음속으로 덧붙였다. '자기들은 괜찮으니까 나야 어떻게 되든 무슨 상관이겠어. 오, 하나님!'

"저 말이죠, 에두아르드 이바노비치, 식사가 담긴 찬합을 가져오라고 시켰는데, 어떻습니까?" 의사와 마주치자 남편은 명랑한 미소와 함께 손바닥을 마주 비비며 말했다.

"좋습니다."

"저, 아내는 어떻습니까?" 남편은 목소리를 낮추고 눈썹을 치켜 올리면서 한숨 속에 물었다.

"말씀드렸잖아요. 저 분은 이탈리아는 고사하고 모스크바까지도 갈 수 없습니다. 더구나 이런 날씨에는 말입니다."

"그럼 어떡해야 하죠? 아, 하나님, 하나님!" 남편은 한 손으로 눈을 가렸다. 그러고는 찬합을 가져온 남자에게 말했다. "이리 주게."

"그냥 남아 있었어야 했어요." 어깨를 으쓱하며 의

사가 대답했다.

"아니 그렇다면 말해보세요, 내가 대체 어떻게 할 수 있었겠습니까?" 남편이 반박했다.

"나는 아내를 말리기 위해 모든 수를 다 써보았습니다. 금전적인 문제에 대해서도 얘기해보았고, 남겨두고 와야 하는 아이들에 대한 얘기도 했었고, 내 일에 대한 얘기도 했단 말입니다. 하지만 아내는 아무 말도 들으려 하지 않았어요. 아내는 마치 건강한 사람처럼 외국 생활 계획을 세우더라고요. 그런 아내에게 몸 상태에 대해 말해주는 건 그녀를 죽이는 거나 마찬가지였단 말입니다."

"그렇게 말씀하지 않아도 그녀는 이미 죽은 사람이나 마찬가지입니다. 그걸 아셔야 해요, 바실리 드미뜨리치. 사람은 폐 없이는 살 수 없는데, 폐는 한번 손상된 후에는 재생되지 않습니다. 슬프고도 힘든 일이지만 어쩌겠습니까? 우리가 할 수 있는 건 그녀의 마지막이 가능한 평안하도록 하는 것뿐입니다. 그러려면 병자성사(病者聖事)를 인도해 줄 사제가 필요합니다."

"아, 하나님! 아내에게 유언을 하라고 말하라는 겁

니까? 제발 내 입장을 이해해주십시오. 일어날 일은 일어나도록 할 수밖에 없겠지만, 그렇다고 내가 그 말을 할 수는 없어요. 아시지 않습니까, 그녀가 얼마나 마음이 약한지…."

"어쨌든 겨울이 되어 길이 단단해질 때까지라도 기다리자고 설득해보세요. 안 그러면 가는 도중에 불행한 일이 생길 수도 있습니다…." 의사가 의미심장하게 머리를 가로저으며 말했다.

"악슈샤, 악슈샤!" 머리 위에 짧은 윗도리를 걸친 마차 역장의 딸이 현관 뒤쪽의 지저분한 계단 위에서 서성거리며 날카롭게 소리를 질렀다.

"쉬르낀 씨 댁 마님을 보러 가자. 가슴 병 때문에 외국으로 가신다고 하던데, 나는 여태껏 폐병 걸린 사람을 본 적이 없거든."

악슈샤가 문간으로 뛰어나오자 둘은 손을 잡고 마차 역 정문으로 달려갔다. 여행용 마차 옆을 지나며 발걸음을 늦춘 그들은 열려진 창문 안을 들여다보았다. 병자는 그들 쪽으로 고개를 돌렸는데, 그들의 호기심을 눈치 채고는 얼굴을 찡그리며 외면해버렸다.

"아이고!" 잽싸게 고개를 돌리며 역장의 딸이 말했다. "정말 기가 막히게 예쁜 사람이었는데 지금은 어떻게 된 거지? 정말 끔찍하다. 악슈샤, 너 봤니, 봤어?"

"그래, 정말 삐쩍 말랐어!" 악슈샤가 맞장구를 쳤다. "우물에 가는 척 하면서 한 번 더 보자…. 아, 얼굴을 돌려버렸어. 하지만 난 또 봤어. 마샤, 정말 불쌍하다."

"이 진창길도 정말 끔찍해!" 마샤가 대답한 후 둘은 역사 정문 안으로 되돌아 달려갔다.

'내 모습이 끔찍해진 게 분명해. 한시라도 빨리, 제발 한시라도 빨리 외국으로 가야 해. 거기 가면 금방 좋아질 거야.' 병자가 생각했다.

"여보, 좀 어때?" 뭔가를 우물우물 씹으며 여행용 마차로 다가온 남편이 물었다.

'항상 똑같은 질문이군. 자기는 저렇게 뭘 먹고 있으면서.' 병자가 생각했다.

"괜찮아요!" 병자가 짜증난 듯 중얼거리며 대답했다.

"저 말이야, 여보, 이런 날씨에 가면 당신 상태가 중간에 더 나빠질 것 같아. 에두아르드 이바노비치도 같은 말을 하더라고. 우리 돌아가는 게 어떨까?"

그녀는 화가 난 듯 아무 말도 하지 않았다.

"그럼 그 사이에 날씨도 괜찮아지고 길도 좋아질 거야. 당신 상태도 나아질 것이고. 그럼 우리 가족 모두 함께 갈 수 있어."

"여보, 미안한데요, 당신이 전에 말리는 말을 그렇게 오랫동안 듣고만 있지 않았다면 나는 지금쯤 베를린에 가 있었을 것이고 몸도 완전히 건강해져 있었을 거예요."

"내 천사여, 그땐 상황이 어쩔 수 없었다는 걸 당신도 알잖아. 하지만 지금은 한 달만 더 있다가 떠나면 그 사이에 당신 상태도 훨씬 호전될 거야. 그럼 나도 일을 끝낼 수 있을 거고 아이들도 데리고 떠날 수 있어…."

"아이들은 건강하지만 난 그렇지 못해요."

"아 여보, 생각을 좀 해 봐. 이런 날씨에 가다가 도중에 당신 상태가 더 나빠지기라도 하면 말이야…. 그렇다면 그냥 집에서…."

"뭐요, 집에서 어쩌라고요…? 집에서 죽으란 말이에요?" 병자가 발끈해서 대답했다.

그러나 죽는다는 단어가 그녀 자신을 놀라게 한 모양이었다. 그녀는 애원하는 듯, 물어보는 듯 남편을 쳐다보았다. 남편은 눈을 내리깔고 아무 말도 하지 않았다. 갑자기 병자의 입이 어린아이처럼 일그러지더니 눈물이 흘러내리기 시작했다. 남편은 손수건으로 얼굴을 가리고 말없이 여행용 마차 곁을 떠났다.

"아니야, 난 갈 거야." 병자가 말했다. 그녀는 하늘을 올려다보며 팔짱을 끼고 두서없는 말을 중얼거리기 시작했다.

"하나님! 도대체 무엇 때문에?" 중얼거리는 그녀의 얼굴에 눈물이 더 세차게 흘러내렸다. 그녀는 오랫동안 뜨겁게 기도했지만 가슴은 여전히 고통스럽고 답답했다. 하늘도 들판도 길도 여전히 잿빛이고 음산했다. 여느 때와 같은 가을 안개는 더 짙어지지도 더 옅어지지도 않으며 진창길 위로, 지붕 위로, 여행용 마차 위로, 그리고 힘차고 활달한 목소리로 여행용 마차에 기름칠을 하고 말을 준비시키는 마부들의 털가죽 외투 위로 계속해서 내려앉고 있었다.

⟨2⟩

마차에 말이 매어졌지만 마부가 꾸물거렸다. 마부들의 숙소인 오두막에 볼 일이 있어서 거기 들렀기 때문이다. 오두막 안은 후덥지근하고 어둡고 답답했으며, 사람들 냄새, 빵 굽는 냄새, 양배추 냄새, 양가죽 냄새로 가득 차 있었다. 위쪽의 방에는 마부 몇 명이 있었고, 요리하는 하녀는 벽난로 옆에서 분주하게 움직이고 있었다. 벽난로 위쪽 공간에는 병자 한 명이 초라한 외투를 몸 위에 덮은 채 누워 있었다.

"표도르 아저씨! 이봐요, 표도르 아저씨!" 양가죽 외투를 입고 허리춤엔 채찍을 꽂은 젊은 마부가 오두막 안으로 들어오면서 병자에게 말을 걸었다.

"너 뭐야, 멍청한 녀석, 페지까[3]를 찾는 거냐?" 마부들 중 한 명이 반응을 보였다. "저기 봐, 여행용 마차에서 사람들이 널 기다리고 있잖아!"

"표도르 아저씨한테 장화를 빌리려고요. 내 건 다 떨어져버렸거든요." 머리카락을 쓸어 넘기고 허리춤

---

3) '표도르'를 다소 거친 뉘앙스로 부르는 이름.

에 찬 벙어리장갑을 바로잡으며 젊은 마부가 말했다.

"혹시 자는 건가? 저기, 표도르 아저씨!" 그가 벽난로 쪽으로 다가가며 다시 물었다.

"왜 그래?" 힘없는 목소리가 들리더니 불그스레하고 야윈 얼굴이 벽난로 위에서 내려다보았다. 그는 털이 많이 난 앙상하고 창백한 큰 손으로 초라한 외투를 끌어당겨 더러운 셔츠를 걸친 뾰족한 어깨를 덮었다.

"이봐, 물 좀 줘. 그런데 무슨 일이야?"

젊은 마부는 국자에 물을 떠서 건넸다.

"별 건 아니고요, 아저씨." 젊은 마부가 주저하며 말했다. "아저씨한텐 이제 새 장화가 필요 없을 것 같은데, 나한테 줘요. 아저씬 이제 걸을 일도 없을 것 같은데."

병자는 반짝반짝한 국자 위로 쇠약한 머리를 숙이더니, 축 늘어진 듬성듬성한 콧수염을 어두운 색깔의 물에 적신 채 힘없이 그러나 게걸스럽게 마셨다. 헝클어진 턱수염은 더러웠다. 움푹 들어간 흐릿한 두 눈이 힘겹게 들리며 젊은이의 얼굴을 향했다. 물을 마신 뒤 그는 젖은 입술을 닦으려고 손을 들어 올리려 했지만,

힘이 달리자 그냥 외투 소매에 문질렀다. 그는 아무 말 없이 힘겹게 코로 숨을 쉬며 기운을 차리려 애쓰면서 젊은이의 눈을 똑바로 쳐다보았다.

"벌써 다른 사람한테 주겠다고 약속했는지는 모르겠는데, 공짜로 말이죠." 젊은이가 말했다. "중요한 건, 밖이 진창인데 난 일하러 가야한다는 거예요. 그래서 생각해보았죠. 아저씨한테 장화를 부탁해보자, 아마 아저씨에겐 더 이상 필요 없을 테니까. 하지만 아직 필요할 수도 있으니까, 그럼 그렇다고 말하세요…."

병자의 가슴속에서 뭔가가 부글거리며 그르렁 소리가 나기 시작했다. 그는 목에 걸려 제대로 나오지 않는 기침 때문에 숨이 막혀 컥컥거리며 몸을 굽혔다.

"필요할 데가 어디 있겠어!" 요리하는 하녀가 오두막 전체가 떠나가도록 갑자기 소리를 질렀다. "두 달째 벽난로 위에서 안 내려오고 저러고 있잖아. 봐, 얼마나 망가졌는지. 속 깊은 곳까지 아파하는 소리가 들리잖아. 그러니 저 사람한테 장화가 무슨 소용이겠어? 새 장화를 신겨서 묻어주는 일도 없을 거야. 이미 오래전에 갈 때가 되었지. 이런 말 하는 걸 하나님이 용서하시길. 보라고, 다 죽어가고 있잖아. 어디 다른 오두막이든지, 아니면 다른 어딘가로 옮겨야 하겠어! 도시에는 병원들도 있다는데, 그런 데로 가지 않으면 문제가 많아. 한쪽 구석을 다 차지하고 있잖아. 이제 더 이상은 안 돼요. 아저씨한테 내줄 공간은 없다고요. 그리고 지저분하다고 다들 뭐라 하잖아요."

"야, 세료가! 빨리 가서 마차에 타, 나리님들이 기다리시잖아." 문 너머로 역장이 소리쳤다.

세료가가 채 답을 듣지 못하고 자리를 뜨려고 하자, 병자는 기침을 하면서도 답을 주겠다는 뜻을 눈으로 보냈다.

"세료가, 장화를 가져가." 기침을 억누른 후 잠시 숨을 돌리고 나서 표도르가 말했다. "단, 내가 죽으면 자네가 비석을 사 줘." 쉰 목소리로 그가 덧붙였다.

"고마워요, 아저씨, 그럼 장화는 내가 가져가고 비석은 꼭 사드릴게요."

"이보게들, 다들 들었지?" 병자는 간신히 한마디 내뱉은 뒤 다시 몸을 굽히고는 숨이 막혀 컥컥거렸다.

"알았어, 다들 들었어." 마부들 중 한 명이 말했다. "세료가, 어서 가서 마차에 타. 안 그러면 역장이 또 쫓아올 거야. 쉬르낀 씨 댁 마님이 아프시잖아."

세료가는 너덜너덜하고 자기 발보다 더 큰 장화를 훌쩍 벗어서 긴 의자 밑으로 던져 넣었다. 표도르 아저씨의 새 장화는 발에 꼭 맞았다. 세료가는 장화를 이리저리 흘끗거리며 문을 나가 마차로 향했다.

"어이쿠, 멋진 장화네! 내가 기름칠 한 번 해줄게." 세료가가 마부 석으로 올라가 고삐를 잡으려고 할 때 마침 기름 솔을 손에 들고 있던 다른 마부 하나가 그에게 말했다. "공짜야?"

"왜, 부러워?" 몸을 살짝 일으켜 외투 자락으로 발 부분을 덮으면서 세료가가 대답했다. "자 출발하자, 사랑스러운 것들아!" 그는 채찍을 휘두르며 말들에게 소리쳤다. 승객들과 여행용 가방들과 여타 상자들을 실은 여행용 마차와 무개마차는 잿빛 안개 속에 모습을 감추며 질척한 길을 따라 재빨리 굴러가기 시작했다.

병든 마부는 숨 막히는 오두막의 벽난로 위에 남았다. 그는 기침을 제대로 토해내지도 못하다가 간신히 다른 쪽으로 돌아눕고는 잠잠해졌다.

밤이 되도록 오두막 안에는 여러 사람들이 드나들고 식사도 했지만 병자의 소리는 들리지 않았다. 밤이 깊을 무렵 요리하는 하녀가 벽난로 위로 올라가 병자의 다리 너머로 손을 뻗어 자신의 양가죽 외투를 집어 들었다.

"나스따샤, 나한테 너무 화내지 마. 이제 곧 너의 자리를 비워줄 테니까." 병자가 입을 열었다.

"됐어요, 됐어, 뭐, 괜찮아요." 나스따샤가 중얼거렸다. "근데 아저씨, 어디가 아픈 거예요? 말해 봐요."

"속이 다 망가졌어. 뭐가 문제인지는 하나님이 아시겠지."

"기침할 때 틀림없이 목구멍이 아프겠죠?"

"여기저기 다 아파. 죽을 때가 된 거지, 바로 그거야. 아, 아, 아!" 병자가 신음 소리를 냈다.

"자, 다리를 이렇게 덮어요." 나스따샤는 그의 외투를 펴서 다리까지 덮어준 후 벽난로 위에서 내려왔다.

깊은 밤이 되자 오두막 안은 등잔불이 희미하게 비추고 있었다. 나스따샤와 열 명 정도의 마부들은 마루

와 긴 의자 위에서 큰 소리로 코를 골며 자고 있었다. 병자 혼자만이 벽난로 위에서 신음을 토하고 기침을 하면서 몸을 뒤척이고 있었다. 아침 무렵에 그는 완전히 조용해졌다.

"새벽에 희한한 꿈을 꿨어요." 동이 터올 무렵 새로운 아침을 맞이하는 기지개를 펴면서 나스따샤가 말했다. "아 글쎄, 표도르 아저씨가 벽난로 위에서 내려와 장작을 패러 가는 거예요. 그러더니 자기가 날 좀 도와주겠다고 말하는 거예요. 아저씨가 어떻게 장작을 팰 수 있냐고 내가 물었죠. 그런데 아저씨가 도끼를 잡더니 진짜 장작을 패기 시작하는 거예요. 얼마나 잽싸게 패는지 나뭇조각들이 휙휙 날아가더라고요. 아저씨는 아팠는데 이게 어떻게 된 일이냐고 물어보니까 '아냐, 난 건강해'라고 말하며 도끼를 쳐드는데 그 모습이 오싹할 정도였어요. 그래서 소리를 지르다가 잠이 깼어요. 근데 혹시 죽은 건 아니겠죠? 표도르 아저씨! 이봐요, 아저씨!"

표도르는 반응이 없었다.

"왜 저러지, 정말 죽은 건가? 가서 살펴 봐." 잠이 깬 마부들 중 하나가 말했다.

불그스레한 털로 뒤덮인 야윈 팔은 벽난로 위로부터 축 늘어져 있었으며, 차갑고 창백했다.

"역장한테 가서 죽은 것 같다고 말해." 마부가 말했다.

표도르는 외지에서 왔기 때문에 친척이 없었다. 다음 날 그는 숲 너머에 있는 새 묘지에 묻혔다. 나스따샤는 며칠 동안 사람들에게 자기 꿈 이야기를 하면서 표도르 아저씨가 죽을 걸 제일 먼저 예감한 사람은 자기라고 말했다.

〈3〉

봄이 왔다. 도시의 질척한 거리에는 오물이 섞인 얼음들 사이로 물줄기가 졸졸거리며 바쁘게 흐르고 있었다. 거리를 활보하는 사람들의 옷 색깔과 얘기 소리에는 생기가 넘쳤다. 울타리 너머 정원들에는 나무마다 새순이 돋아나 있었고 나뭇가지들은 신선한 바람에 보일락 말락 흔들거리고 있었다. 여기저기에서 투명한 물방울들이 흘러내리거나 방울져 떨어지고 있었다…. 참새들은 시끄럽게 짹짹거리다가 작은 날개를 파닥여 이리저리 날아다녔다. 햇빛이 드는 양지 쪽, 울타리와 집들 위, 그리고 나무들 위에서 모든 것들이 생기 넘치게 반짝거리고 있었다. 기쁨과 젊음은 하늘 위에도, 땅 위에도, 사람들의 마음속에도 넘쳐흘렀다.

큰 거리 중 하나에 위치한 지주 귀족의 저택 앞에는 신선한 짚이 깔려 있었다. 그 집에는 외국으로 서둘러 나가려 했던 바로 그 죽어가는 병자 여인이 있었다.

한쪽의 방에는 문들이 모두 닫혀 있었는데, 방문 바로 안쪽에는 병자의 남편과 중년의 여인이 서 있었다. 소파에는 사제가 앉아 있었는데, 그는 눈을 내리깐 채 한 손에는 영대(領帶)4)로 말아서 감싼 무언가를 쥐고 있었다. 한쪽 구석에는 병자의 어머니인 노부인이 볼테르 식 안락의자에 몸을 늘어뜨린 채 구슬프게 울고 있었다. 그녀 옆에는 하녀가 깨끗한 손수건을 손에 든

---

4) 러시아어로 '예삐뜨라힐(епитрахиль)'인 '영대'란 정교회나 가톨릭의 성직자가 목에 걸어서 가슴 아래까지 두 줄로 늘어지게 하는 띠를 말한다.

채 노부인이 그것을 찾을 때를 대비해 서 있었다. 다른 하녀는 무언가로 노부인의 관자놀이를 문지르면서 나이트캡 밑으로 나와 있는 노부인의 백발에 부채질을 하고 있었다.

"처형, 그리스도께서 당신과 함께 하시길!" 남편이 자신과 함께 방문 안에 서 있던 중년 여인에게 말했다.

"아내는 당신을 많이 신뢰하고 아내와 당신은 서로 말도 잘 통하니까, 잘 좀 설득해주세요. 어서 가보세요." 그가 문을 열어주려고 하자 아내의 사촌언니는 그를 제지한 후, 손수건을 여러 번 눈가에 가져다 대고는 머리를 한 번 저었다.

"자 이젠 운 티가 안 날 거예요." 그녀는 이렇게 말하고는 스스로 문을 열고 나갔다.

남편은 몹시 흥분한 나머지 완전히 넋이 나간 듯했다. 그는 노부인 쪽으로 가려 했으나, 몇 걸음 가기도 전에 몸을 돌리고는 방을 가로질러 사제에게 다가갔다. 사제는 그를 쳐다보더니 눈썹을 치켜 올리고 한숨을 쉬었다. 흰 털이 섞인 그의 숱 많은 턱수염도 위로 올라갔다가 내려왔다.

"오 하나님! 오 하나님!" 남편이 말했다.

"어쩔 도리가 없지요!" 한숨을 쉬며 사제가 말하는 순간 그의 눈썹과 턱수염이 다시 위로 올라갔다가 내려왔다.

"장모님도 여기 계세요!" 거의 절망적으로 남편이 말했다. "저 분은 견뎌내지 못하실 거예요. 장모님처럼 자식을 사랑하는 분이 또 있을지… 전 모르겠습니다. 사제님께서라도 가서 장모님을 달래주시고 이곳을 떠나시도록 설득해주시면 좋겠어요."

사제는 일어나서 노부인에게 다가갔다.

"맞습니다. 어머니의 심정은 누구도 헤아릴 수 없는 법입니다. 하지만 하나님은 자비로우십니다." 사제가 말했다.

노부인의 얼굴이 온통 바르르 떨리더니 히스테릭한 딸꾹질이 시작되었다.

"하나님은 자비로우십니다." 그녀가 약간 진정이 되자 사제가 말을 이어갔다. "한 가지 얘기해 드릴 것이 있습니다. 제 교구에 마리야 드미뜨리예브나보다 훨씬 더 상태가 나빴던 병자가 한 명 있었습니다. 그런데 무슨 일이 생겼냐면, 어떤 평범한 상인이 짧은 기간에 그를 약초로 고쳐냈습니다. 바로 그 상인이 지금 모스크바에 있어요. 저는 바실리 드미뜨리예비치에게 한 번 시도해 볼 만하다고 말씀드린 바 있습니다. 최소한 병자에게 위안은 될 수 있으니까요. 하나님께서는 모든 게 가능하십니다."

"아니에요, 저 아이는 이미 살기 틀렸어요." 노부인이 말했다. "차라리 날 데려가시지 하나님은 왜 저 아이를." 그러더니 히스테릭한 딸꾹질이 더 심해지다가 결국 그녀는 정신을 잃었다.

병자의 남편은 두 손으로 얼굴을 가리고는 방 밖으로 뛰어나갔다.

복도에서 그가 처음으로 마주친 사람은 전속력으로 여동생을 따라잡으러 뛰어가던 여섯 살배기 소년이었다.

"어떡할까요, 아이들을 엄마에게 보이러 데려갈까요?" 유모가 물었다.

"아니, 아내가 아이들을 보고 싶어 하지 않아요. 아내를 심란하게 만들 뿐이오."

소년은 잠깐 멈춰서더니 아버지의 얼굴을 뚫어져라 바라보았다. 그러더니 갑자기 발길질을 한 번 하고 나서 신나게 소리를 지르며 다시 달려갔다.

"아빠, 쟤는 꼭 검정색 말 같아요!" 소년이 여동생을 가리키며 소리쳤다.

그러는 동안 다른 방에서는 사촌언니가 병자 곁에 앉아 솜씨 있게 대화를 이어가며 죽음을 맞이할 마음의 준비를 시키고 있었다. 의사는 다른 창문 옆에 서서 물약을 타고 있었다.

하얀 실내복을 입은 병자는 온통 베개에 둘러싸인 채 침대에 앉아서 말없이 사촌언니를 바라보고 있었다.

"아, 언니." 갑자기 사촌언니의 말을 가로막으며 그녀가 말했다. "날 준비시키려 하지 말아요. 날 어린애 취급 말아줘요. 난 기독교인이에요. 난 다 알고 있어요. 얼마 못 산다는 것도 알아요. 남편이 더 일찍 내말을 들었더라면 난 이탈리아에 가 있었을 것이고, 그럼 어쩌면, 아니 틀림없이 내가 건강해졌을 거라는 것도 알아요. 모두들 남편에게 그렇게 말했어요. 하지만 뭐 어쩌겠어요. 이렇게 되는 것이 하나님의 뜻이었나 봐요. 난 알아요, 우리 모두는 많은 죄를 짓는다는 것을, 하지만 하나님의 자비로움을 간구하다보면 우리 모두가 용서받을 수 있다는 것을, 틀림없이 모두가 용서받을 수 있다는 것을 알아요. 난 내 마음의 소리를 들으려 애쓰고 있어요. 언니, 나도 많은 죄를 지었어요. 그런 만큼 그 죄들로 인해 많은 고통을 겪었지요. 인내심을 가지고 그 고통들을 견뎌내려고 애쓰긴 했지만…."

"그러니까 사제님을 부르자, 애야? 병자성사를 하고 나면 훨씬 편안해질 테니까." 사촌언니가 말했다.

병자는 동의의 표시로 고개를 끄덕였다.

"주님! 죄 많은 저를 용서해주세요." 그녀가 속삭였다.

사촌언니는 밖으로 나가 사람들이 모인 방으로 가더니 사제에게 눈짓을 했다.

"저 애는 천사에요!" 그녀는 눈물이 그렁그렁한 채 병자의 남편에게 말했다.

남편이 울음을 터뜨렸다. 사제는 문을 열고 병자의 방으로 향했다. 노부인은 여전히 의식이 없었고 방 안에는 완전한 정적이 흐르기 시작했다. 5분 후 사제는 병자의 방에서 나왔고 영대를 벗은 뒤 머리를 매만졌다.

"다행히도 이제 좀 편안해졌습니다." 그가 말했다. "여러분들을 보고 싶어 합니다."

사촌언니와 남편이 병자의 방으로 갔다. 병자는 성상(聖像)을 바라보며 조용히 울고 있었다.

"여보, 축하해." 남편이 말했다.

"고마워요! 지금은 정말 좋아졌어요. 뭔가 알 수 없는 기쁨 같은 게 느껴져요." 병자가 말했다. 가벼운 미소가 그녀의 가느다란 입술 위에 퍼져갔다. "하나님은 정말 자비로우세요! 그렇지 않나요? 하나님은 정말 자비로우시고 전능하시잖아요?" 그런 후 그녀는 눈물이 가득한 눈으로 간절한 기원을 담아 다시 성상을 바라보았다.

그러더니 그녀는 불현듯 무언가를 떠올린 듯했다. 그녀는 남편을 가까이 오라고 손짓했다.

"당신은 내 부탁을 한 번도 들어주려 하지 않았죠." 그녀는 불만이 어린 목소리로 힘없이 말했다.

남편은 목을 쭉 빼고 순종하듯 그녀의 말에 귀를

기울였다.

"뭘 해줄까, 여보?"

"여기 의사들은 아무 것도 모른다고 내가 몇 번이나 말했잖아요. 민간요법으로 치료하는 여자들도 있어요⋯. 그리고 방금 사제님도 말하길⋯ 어떤 상인도 치료할 수 있다고 하고⋯. 그러니까 사람을 보내 봐요."

"누굴 불러오란 말이야, 여보?"

"오 하나님! 내 생각을 알아줄 마음이 전혀 없어!" 환자는 얼굴을 찡그리고 눈을 감았다.

의사가 그녀에게 다가가 손을 잡았다. 맥박이 점점 더 약해지는 것이 확실히 느껴졌다. 그는 남편에게 눈짓을 했다. 병자는 이 동작을 알아채고 깜짝 놀라서 주위를 둘러보았다. 사촌언니가 몸을 돌리고 울기 시작했다.

"울지 마, 언니 자신도, 그리고 나도 괴롭게 하지 마." 병자가 말했다. "그건 내게서 마지막 평안을 빼앗는 일이야."

"넌 천사야!" 사촌언니가 그녀의 손에 입을 맞추며 말했다.

"아니, 여기에 입 맞춰 줘. 손에다 입을 맞추는 건 죽은 사람한테나 하는 거야. 오 하나님, 하나님!"

그날 밤 병자는 이미 시신이 되어 있었고, 그 시신은 관에 담겨 저택의 홀에 놓여졌다. 낭송 일을 맡아보는 수도사가 문들이 닫혀 있는 커다란 방에 홀로 앉아 콧소리가 섞인 고른 목소리로 다윗의 노래[5]를 읊조리고 있었다. 높다란 은촛대 위의 선명한 양초 불빛이 고인의 창백한 이마를, 무겁게 놓인 창백한 손을, 그리고 무릎과 발가락 위 부분에서 섬뜩하게 솟아오른 수의(壽衣)의 굳어버린 주름을 비추고 있었다. 낭송 수도사는 글의 뜻도 모르는 채 고르게 읊조리고 있었는데, 그 소리는 고요한 방 안에서 울렸다가 잠잠해졌다가 했다. 멀리에 있는 방으로부터 아이들의 목소리와 발소리가 간혹 들려왔다.

"주께서 낯을 숨기신 즉 그들이 떨고, 주께서 그들의 호흡을 거두신 즉 그들은 죽어 먼지로 돌아가나이

---

5) 구약성경 시편 18편에 나오는 노래.

다. 주의 영을 보내어 그들을 창조하사 지면을 새롭게 하시나이다. 여호와의 영광이 영원하옵나이다."[6] 시편의 구절들이 낭송되었다.

고인의 얼굴은 엄숙하고 평온했으며 위엄이 있었다. 깨끗하고 차가운 이마에도, 굳게 다문 입술에도 아무 움직임이 없었다. 고인은 온몸으로 귀를 기울여 낭송 구절을 듣고 있었다. 하지만 그녀가 이제라도 이 위대한 말씀을 이해했을까?

⟨4⟩

한 달 뒤 고인의 무덤 위쪽에 자그마한 돌 예배당이 세워졌다. 하지만 마부의 무덤 위에는 아직도 비석이 세워지지 않았다. 과거에 한 인간이 존재했다는 사실을 말해주는 유일한 표식은 봉분뿐이었고, 그 위에는 연두색 풀이 돋아나 있었다.

"세료가, 너 그러면 죄 짓는 거야. 표도르에게 약속

---

6) 구약성경 시편 104편 29~30절.

한 비석을 안 사준다면 말이야." 한번은 마차 역에서 일하는 하녀가 말했다. "겨울이 되면 사겠다, 겨울이 되면 사겠다, 뭐 그러더니 왜 아직까지 그 말을 안 지키는 거야? 나 있는 데서도 그 말 했잖아? 표도르 아저씨가 네 꿈에도 한번 나타나 부탁했다며? 그런데 안 사주면 또 나타날 거고, 그땐 네 목을 조를 거야."

"무슨 소리야? 내가 일부러 안 사기라도 한다는 거야?" 세료가가 대답했다. "비석 살 거야, 말했잖아, 산다니까. 은화로 1루블 반을 주고 살 거야. 약속은 잊지 않았어. 운반도 해야겠지. 도시로 나갈 일이 생기면 거기서 꼭 살 거니까."

"그럼 일단 나무 십자가라도 세워 줘라. 그렇게라도 해." 늙은 마부가 반응했다. "안 그러면 정말 나쁜 짓이 되는 거야. 그 사람 장화는 신고 다니면서."

"십자가는 어디서 구하라고요? 장작개비로라도 만들라는 거예요?"

"무슨 소리야? 장작개비로 못 만들겠으면 도끼를 들고 아침 일찍 숲으로 가서 만들면 되잖아. 뭐, 물푸레나무라도 베어서 만들어봐. 덮개가 있는 십자가 모양으로 하나 만들 수 있을 거야. 좀 찜찜하다면 산림 관리원한테 보드카라도 한 잔 먹여놔. 뭐, 그렇다고 온갖 시시콜콜한 일이 생길 때마다 술을 먹이다간 돈이 남아나질 않겠지. 나도 얼마 전에 마차 지렛대를 부러뜨렸는데 괜찮은 나무로 새로 하나 베었다. 그래도 아무도 뭐라 하지 않더군."

다음 날 아침 동이 틀 무렵 세료가는 도끼를 들고 숲으로 향했다.

아직 햇빛을 받지 못한 상태에서 막 내려앉고 있던 이슬이 차갑고 흐릿한 막을 이루어 사방에 깔려 있었다. 옅은 먹구름이 깔려 있는 하늘 동쪽에서부터 희미한 빛이 비쳐오면서 날이 아주 조금씩 밝아오고 있었다. 바닥의 풀잎들도, 높은 나뭇가지의 나뭇잎들도 꼼짝하지 않고 있었다. 우거진 숲 속으로부터 이따금 들려오는 새들의 날갯짓 소리나 대지 위에서 뭔가 사각거리는 소리만이 숲의 고요함을 깨뜨리고 있었다.

갑자기 자연 상태에는 어울리지 않는 이상한 소리가 숲의 가장자리까지 퍼져나가더니 잦아들었다. 하지만 그 소리는 다시 한 번 울리더니, 미동도 하지 않는 나무들 중 한 그루의 밑동 부근에서 규칙적으로 반복되기 시작했다. 나무 꼭대기 하나가 유난히 흔들렸고 물기를 머금은 나뭇잎들은 뭔가를 속삭이기 시작했다. 그 나무의 가지 위에 앉아 있던 꾀꼬리가 짹짹거리며 두 번을 옮겨 앉더니, 작은 꼬리를 살짝 흔들며 다른 나무로 날아가 앉았다.

나무 밑동을 찍어대는 도끼 소리가 점점 더 둔탁하게 바뀌면서 물기를 머금은 하얀 나무 파편들이 이슬에 젖은 풀 위로 날아갔다. 한번 찍을 때마다 나무가 조금씩 갈라지는 소리가 들렸다. 나무는 온몸을 부르르 떨며 휘청 기울었지만, 깜짝 놀란 듯 뿌리로 버티려고 애를 쓰면서 재빨리 몸을 바로 잡았다. 순간적으로 모든 것이 조용해졌다. 그러나 다음 순간 나무는 다시 기울었고 밑동에서 우지끈 하는 소리가 들렸다. 이내 큰 가지들이 부러지며 잔가지들이 떨어져 나가는 가운데 나무는 꼭대기를 축축한 땅에 부딪히면서 쓰러졌다. 도끼질 소리와 발소리가 그쳤다. 꾀꼬리가 짹짹거리며 높이 날아올랐다. 날아올라가는 꾀꼬리의 날개에 스쳤던 작은 나뭇가지 하나는 잠시 동안 혼들리다가, 잎사귀들이 달린 다른 나뭇가지들처럼 움직임을 멈췄다. 새롭게 넓어진 공간에서 다른 나무들은 미동도 하지 않는 자신의 가지들을 한층 더 기쁘게 뽐냈다.

구름을 뚫고 나온 첫 햇살이 하늘에서 반짝이다가 하늘과 땅 전체에 빛을 뿜어냈다. 안개는 협곡 속에서 물결치듯 넘실거리기 시작했고, 반짝이는 이슬들은 풀 위에서 장난치듯 아롱거렸다. 투명하고 하얀 조각 구름들은 파란 하늘을 따라 바쁘게 흩어져 갔다. 새들은 우거진 숲 속을 꼬물거리고 다니며 마치 어찌할 바를 모르는 것처럼 행복하게 지저귀었다. 물기를 머금은 잎사귀들은 나무 꼭대기에서 기쁜 듯 평화롭게 속삭였고, 살아 있는 나무의 가지들은 죽어서 넘어진 나무를 굽어보며 천천히, 그리고 장엄하게 혼들렸다.

이반 일리치의 죽음

〈1〉

커다란 법원 건물에서 멜빈스끼 사건을 심리하던 판사들과 검사가 휴정 시간이 되어 이반 예고로비치 셰벡의 집무실에 모여들자, 대화 주제는 이내 그즈음 화제가 되고 있던 끄라소프 사건으로 접어들었다. 표도르 바실리예비치는 그 사건은 사법부에서 판단할 바가 아니라는 점을 열을 올려가며 논증하려 했던 반면에 이반 예고로비치는 자신의 견해를 굽히지 않고 있었다. 하지만 애초에 그 논쟁에 끼어들지 않았던 뾰뜨르 이바노비치는 두 사람의 대화에는 아랑곳하지 않은 채 방금 배달된 신문 〈베도모스찌〉만 훑어보고 있었다.

"여러분!" 그가 말했다. "이반 일리치가 사망했답니다."

"아니, 정말입니까?"

"자, 직접 읽어보시오." 뾰뜨르 이바노비치가 아직 잉크 냄새가 풍기는 갓 나온 신문을 표도르 바실리예비치에게 건네주며 말했다.

검은 색 테두리 안에 다음과 같은 부고가 실려 있었다.

〈저 쁘라스꼬비야 표도로브나 골로비나는 사랑하는 남편이자 고등 법원 판사인 이반 일리치 골로빈이 1882년 2월 4일에 세상을 떠났음을 지극히 비통한 마음으로 일가 친지들께 알립니다. 발인은 금요일 오후 한 시입니다.〉

이반 일리치는 거기에 모여 있던 사람들의 동료였는데, 모두들 그를 좋아했다. 그는 이미 몇 주째 병석에 누워있었는데, 가망이 없다는 말이 나돌고 있었다. 그의 직위는 유지되고 있었지만 그가 사망할 경우에는 알렉세예프가 그 자리에 임명되고 알렉세예프의 자리는 빈니꼬프 또는 쉬따벨이 승계할 것이라고 예상되고 있었다. 따라서 이반 일리치의 사망 소식을 접했을 때 그 방에 모인 사람들 각자의 머리에 제일 먼저 떠오른 생각은 이 죽음이 자신 혹은 지인들의 자리이동이나 승진에 어떤 영향을 미칠지에 대한 것이었다.

'이제 쉬따벨이나 빈니꼬프의 자리는 필시 내 차지가 되겠지.' 표도르 바실리예비치가 생각했다. '이미 오래전부터 약속받았으니까 말이야. 이번에 승진하면 개인 집무실도 나오고 연봉도 800루블은 오르겠군.'

뾰뜨르 이바노비치도 생각했다. '이제 깔루가에서 근무하고 있는 처남이 여기로 전근해 올 수 있도록 위에다 부탁을 넣어봐야겠군. 집사람이 무척 기뻐할 거야. 그렇게만 되면 내가 처가를 위해서 한 게 아무것도 없다는 말은 쏙 들어가겠지.'

"그가 자리를 털고 일어날 것이라고는 생각지 않았지만, 그래도 안타깝군요." 뾰뜨르 이바노비치가 큰 소리로 말했다.

"대체 구체적인 병명이 뭐라고 하던가요?" 표도르 바실리예비치가 물었다.

"의사들도 확실한 진단을 내리지는 못했다고 하더

군요. 뭐, 진단을 하기는 했는데 그 내용이 저마다 달랐다는 거지요. 지난번에 내가 마지막으로 봤을 때는 병세가 좀 호전되나 싶더니만."

"지난 명절 이후로는 나도 가보지 못했습니다. 마음은 늘 있었는데."

"그런데 남긴 재산은 좀 있답니까?"

"부인 앞으로 아주 조금 남은 것 같기는 한데, 그래 봤자 몇 푼 안 된답니다."

"그렇군요. 가보긴 해야겠는데, 그 집이 웬만큼 멀어야 말이지요."

"그거야 당신 집에서부터 멀다는 뜻이겠지요. 당신 집에서야 어디든 다 머니까요."

"이 양반은 내가 강 건너에 사는 게 영 못 마땅한가 봅니다." 셰벡을 향해 씩 웃으며 뾰뜨르 이바노비치가 말했다. 그러고 나서 이들은 시내의 어디어디가 멀고 가깝다는 등의 이야기를 나누다가 법정으로 향했다.

이 죽음이 이들 각자의 머릿속에 불러일으킨 생각은 이로 인해 가능해진 자리이동이나 직위변경에 대한 것만은 아니었다. 으레 그렇듯이, 가까운 지인이 죽었다는 소식을 접했을 때 이들 역시 죽은 것은 그 사람일뿐 자신은 아니라는 사실에 행복감을 느꼈던 것이다.

'죽은 걸 어쩌겠나. 어쨌든 난 아니잖아.' 모두들 이처럼 생각하거나 느꼈다.

하지만 이반 일리치의 이른바 친구들이자 가까운 지인들이었기에 이들은 이제 예절이라는 이름의 대단히 지루한 의무를 수행해야 한다는 것, 즉 추도식에 참석하고 미망인에게 애도를 표해야 한다는 사실을 떠올릴 수밖에 없었다.

이반 일리치와 누구보다도 더 가까이 지냈던 사람은 표도르 바실리예비치와 뾰뜨르 이바노비치였다. 뾰뜨르 이바노비치는 이반 일리치의 법률학교 동창인 데다가 자신이 그에게 많은 신세를 졌다고도 생각하고 있었다.

식사 자리에서 아내에게 이반 일리치의 사망 소식과 처남을 이쪽 구역으로 불러올 수 있는 가능성을 알려준 후에, 뾰뜨르 이바노비치는 한숨 돌릴 틈도 없이 연미복으로 갈아입고는 이반 일리치의 집으로 향했다.

이반 일리치의 집 입구에는 사륜마차 한 대와 마부 두 명이 서 있었다. 아래 층 현관의 옷걸이 옆에는 금속 분말을 잘 입힌 레이스와 금술로 장식된 번쩍거리는 관 뚜껑이 벽에 기대어져 세워져 있었다. 검은 옷차림의 부인 둘이 모피 외투를 벗고 있었다. 한 사람은 그와도 안면이 있는 이반 일리치의 여동생이었고 다른 한 사람은 모르는 부인이었다. 뾰뜨르 이바노비치의 동료인 쉬바르쯔가 위층에서 내려오다가 마침 들어오는 그를 보고는 계단 위쪽에 멈춰 서서 눈을 찡긋해 보였다. 그 표정은 마치 '이반 일리치는 어리석게 살다 갔네요. 하지만 당신과 나는 전혀 다른 사람들이라오.'라고 말하는 것 같았다.

영국식 구레나룻 턱수염을 기른 쉬바르쯔의 얼굴과 연미복에 몸을 감싼 호리호리한 몸 전체는 언제나처럼 우아한 엄숙함을 풍겼는데, 그의 경박한 성격과는 전혀 어울리지 않는 이 엄숙함이 그 장소에서만큼은 뾰뜨르 이바노비치에게 유달리 짜릿한 느낌을 주었다.

뾰뜨르 이바노비치는 부인들이 자기를 앞서갈 수

있도록 한 다음에 그 뒤를 따라 천천히 계단을 올라 갔다. 쉬바르쯔는 다른 데로 가지 않고 위쪽에 그대로 서 있었다. 뾰뜨르 이바노비치는 그 이유를 알아차렸 다. 쉬바르쯔는 분명히 오늘 밤 어디서 빈트[1] 게임을 할지 약속하고 싶었던 것이다. 부인들은 미망인을 만 나러 계단 위쪽으로 올라갔는데, 쉬바르쯔는 짐짓 심 각한 표정으로 입을 꾹 다물고 있었지만 한편으로는 눈썹을 씰룩거리며 장난기어린 눈길로 고인이 안치 되어 있는 오른쪽 방을 가리켰다.

이런 자리에서면 누구든 으레 그렇듯이 뾰뜨르 이 바노비치도 어떻게 행동해야 할지 난감해하면서 방 으로 들어섰다. 이런 경우 성호를 긋는 동작을 취하는 것이 전혀 나쁠 것 없다는 사실 하나는 알고 있었다. 하지만 그러면서 동시에 허리를 굽혀 절도 함께 해야 하는 것인지에 대해서는 딱히 확신할 수 없었기에 그 는 절충안을 택하기로 했다. 방으로 들어간 후 그는 성호를 그으면서 마치 절을 하는 것과 비슷하게 고개

---

1) 카드놀이의 일종으로서, 두 명이 한 팀을 이루어 총 네 명이 하는 게임이다.

를 약간 숙이는 동작을 취해보았다. 그러면서 그는 손과 머리의 움직임이 허용되는 범위 내에서 방안을 둘러보았다.

고인의 조카들로 보이는 두 명의 청년이 성호를 그으면서 방에서 나가고 있었는데 그 중 한 명은 중학생 같았다. 노파 한 사람은 꼼짝도 하지 않고 서 있었다. 눈썹이 희한하게 치켜 올라간 어떤 부인이 이 노파에게 무언가를 속삭이고 있었다. 예복을 입은 활력 넘치고 단호한 모습의 부사제는 어떠한 반대도 용납하지 않겠다는 표정으로 무언가를 큰 소리로 읽고 있었다. 집사 일을 돕는 하인 게라심은 뾰뜨르 이바노비치 앞을 조심스럽게 지나가면서 바닥에 무언가를 뿌렸다. 그 모습을 본 뾰뜨르 이바노비치의 코에 불현듯 시신이 부패하는 냄새가 희미하게 느껴졌다. 이반 일리치의 집을 마지막으로 방문했을 때 그는 이 사내를 서재에서 본 적이 있었다. 게라심은 주인을 성심껏 시중들고 있었는데 이반 일리치는 그를 특별히 아끼는 것 같았다. 뾰뜨르 이바노비치는 연신 성호를 그으면서 관과 부사제, 그리고 구석 탁자 위 성상(聖像)의 중간 지점쯤을 향해 가볍게 고개를 숙여댔다. 그러다가 성호를 너무 오랫동안 긋고 있는 것은 아닌가 하는 느낌이 들어 잠시 동작을 멈추고 고인을 살펴보기 시작했다.

죽은 사람들이 항상 그러하듯이, 고인 역시 죽은 자의 느낌을 풍기는 각별히 묵직한 모습으로 누워 있었다. 그의 뻣뻣하게 굳은 사지는 관 바닥의 깔개에 푹 잠겨 있었고 영원히 들려지지 않을 머리는 베개 위에 놓여 있었다. 죽은 사람들이 으레 그러하듯, 움푹 꺼진 관자놀이 위에는 머리칼이 빠진 핏기 없는 누런 이마가 드러나 있었고 높이 솟은 코는 마치 윗입술을 내리 누를 듯 했다. 고인은 뾰뜨르 이바노비치가 그를 마지막으로 보았을 때보다 더 야위어 있었기에 많이 달라보였다. 하지만 죽은 이들이 항상 그렇듯이, 이반 일리치의 얼굴 역시 살아 있을 때보다 더 잘 생겨 보였고, 무엇보다도, 더 의미심장한 표정을 띠고 있는 듯 보였다. 그의 표정은 마치 해야 할 일은 다 했고, 그것도 제대로 했다고 말하고 있는 듯 보였다. 게다가 그 표정에는 살아 있는 자들을 향한 비난이나 경고까지도 담겨 있었다. 뾰뜨르 이바노비치에게는 그러한 경고가 부적절한 것으로, 혹은 최소한 자신과는 관계 없는 것으로 여겨졌다. 왠지 불쾌한 느낌이 든 뾰뜨르 이바노비치는 다시 한 번 서둘러 성호를 긋고는 자신이 보기에도 예의에 어긋날 정도로 서둘러서 몸을 홱 돌린 뒤 문 쪽으로 걸어갔다.

쉬바르쯔는 옆으로 연결된 방에서 다리를 벌리고 선 채 뒷짐 진 두 손으로 실크해트를 만지작거리며 그를 기다리고 있었다. 장난스러우며 깔끔하고 우아한 모습의 쉬바르쯔를 한 번 보는 것만으로도 뾰뜨르 이바노비치는 기분이 상쾌해졌다. 그는 쉬바르쯔라는 사람이 이러한 상황에 개의치 않을 뿐더러 마음을 무겁게 만드는 분위기에도 휘둘리지 않는다는 것을 깨달았다. 쉬바르쯔의 모습은 다음과 같이 말하고 있었다.

'이반 일리치의 추도식으로 인해 법정의 질서가 깨질만한 충분한 동기가 발견되었다고는 절대로 인정할 수 없소. 요컨대, 오늘 저녁에 하인이 새 양초 네 개를 가져다 놓고 우리가 새 카드 한 벌을 뜯어 섞는 일이 절대로 방해받아서는 안 된다는 뜻입니다. 우리가 오늘 밤에도 즐겁게 시간을 보내는 것이 이 일로 인해 방해받을 거라고 예상할 근거는 전혀 없어요.'

쉬바르쯔는 곁을 지나가는 뾰뜨르 이바노비치에게 실제로 이렇게 귓속말을 하며 표도르 바실리예비치의 집에 모여 한판하자고 권했다.

하지만 뾰뜨르 이바노비치는 그날 밤 빈트 게임을 할 운명이 되지 못했다. 날씬해 보이려고 아무리 애를 써도 어깨 선 아래로 펑퍼짐해져가고 있는 몸매를 감출 수 없었던 작은 키의 뚱뚱한 미망인 쁘라스꼬비야 표도로브나가 온통 검은 색 상복에 머리에는 레이스가 달린 베일을 쓰고 눈썹은 관 맞은편에 서 있던 부인처럼 희한하게 치켜 올린 채 자기 방에서 다른 부인들과 함께 나왔다. 그녀는 부인들을 고인이 안치된 방으로 인도한 후 다음과 같이 말했다.

"곧 추도식이 시작됩니다. 다들 안으로 들어가 주세요."

쉬바르쯔는 이 제안을 받아들이는 것도 아니고, 그렇다고 거절하는 것도 아닌 애매한 태도로 목례를 한 후 그냥 제자리에 멈춰 섰다. 뾰뜨르 이바노비치를 알아 본 쁘라스꼬비야 표도로브나가 한숨을 내쉬더니 그에게 바싹 다가와 손을 잡고는 말했다.

"당신과 제 남편은 절친한 사이였다고 들었어요…." 그녀는 이 말에 상응하는 반응을 기대한다는 표정으로 그를 바라보았다.

뾰뜨르 이바노비치는 아까 저 방에서는 성호를 그어야 했던 것처럼 여기서는 그녀의 손을 잡고 한숨을 쉬며 "그야 물론이지요!"라고 말해야 된다는 점을 알고 있었다. 그래서 그는 실제로 그렇게 행동했다. 그렇게 행동하자 바라던 결과가 나왔다는 것이 느껴졌다. 그도 감동하고 그녀도 감동했던 것이다.

"추도식 시작까지 아직 시간이 좀 있으니 저랑 좀 가시지요. 당신께 말씀드리고 싶은 게 있어요. 팔을 좀 빌려주세요." 미망인이 말했다.

뾰뜨르 이바노비치는 팔을 내밀었다. 그들은 뾰뜨르 이바노비치를 향해 딱하다는 표정으로 눈을 찡긋한 쉬바르쯔를 지나쳐 내실로 향했다. 쉬바르쯔의 장난기어린 시선은 '빈트 게임은 이제 물 건너갔군요!

다른 파트너를 구해 넣어도 원망은 하지 말아요. 하지만 다섯 명으로도 할 수는 있으니 빠져나올 수 있으면 오시오.'라고 말하고 있었다.

뾰뜨르 이바노비치는 더욱 깊고 안타깝게 한숨을 내쉬었고 쁘라스꼬비야 표도로브나는 감사하는 표정으로 그의 손을 잡았다. 그들은 장밋빛 크레톤 사라사 천으로 꾸며지고 램프를 희미하게 켜놓은 응접실로 들어가 탁자를 사이에 두고 앉았다. 그녀는 소파에 앉고 뾰뜨르 이바노비치는 등받이 없는 낮고 푹신한 의자에 앉았는데, 스프링이 망가져 있어서 엉덩이 밑이 여기저기 제멋대로 푹푹 꺼지는 의자였다. 쁘라스꼬비야 표도로브나는 원래 그에게 다른 의자에 앉으라고 말하려 했으나, 그런 말까지 건네는 것이 자신의 처지에는 어울리지 않는다고 생각하여 그만두었다. 그 의자에 앉으면서 뾰뜨르 이바노비치는 이반 일리치가 이 응접실을 꾸미면서 자신에게 바로 이 초록색 잎사귀가 그려진 장밋빛 크레톤 사라사 천에 대해 조언을 구하던 일이 떠올랐다.

그런데 온갖 물건들과 가구들로 가득 차 있는 이

응접실에서 미망인이 탁자를 지나 소파에 앉으려고 할 때 그녀의 검은 망토에 달린 검은 레이스가 탁자 모서리의 조각 장식에 걸리고 말았다. 뾰뜨르 이바노비치가 레이스를 떼어내 주려고 몸을 살짝 일으킨 순간 그의 무게로부터 해방된 의자가 부르르 떨며 그를 밀쳐냈다. 미망인이 스스로 레이스를 떼어내려 하는 것을 본 뾰뜨르 이바노비치는 멋대로 저항하는 의자를 꾹 눌러가며 다시 그 위에 앉았다. 그러나 미망인은 결국 레이스를 떼어내지 못했고 이에 뾰뜨르 이바노비치가 다시 몸을 일으키자 의자 역시 또 다시 저항하기 시작했고 심지어는 끽끽거리는 소리까지 냈다.

이 모든 상황이 종료되자 미망인은 깨끗한 목면 손수건을 꺼내들고는 훌쩍이기 시작했다. 그러나 레이스 사건과 의자와 씨름한 일로 인해 마음이 싸늘해져 버린 뾰뜨르 이바노비치는 뚱한 표정으로 그냥 앉아 있었다. 이 어색한 상황은 이반 일리치의 집사인 소꼴로프가 들어옴으로 인해 종료되었다. 그는 쁘라스꼬비야 표도로브나에게 그녀가 점찍어 둔 묘 자리를 사려면 200루블이 들 거라고 보고했다. 그녀는 훌쩍거

림을 멈추고는 희생양이라도 된 듯한 표정으로 뾰뜨
르 이바노비치를 바라보더니 자기 처지가 너무 힘들
다고 프랑스어로 말했다. 뾰뜨르 이바노비치는 그럴
수밖에 없는 상황임을 충분히 이해한다는 점을 말없
이 표정을 통해서 그녀에게 전달해주었다.

"괜찮으니 담배라도 한 대 피우세요."

그녀는 관대하면서도 낙담한 목소리로 말하고는 묘
자리 가격 문제에 대해 소꼴로프와 의논하기 시작했
다. 담배를 피우는 뾰뜨르 이바노비치의 귀에 그녀가
여러 묘 자리 가격에 대해 아주 꼼꼼하게 따져 묻고는
결국 알맞은 가격의 자리로 정하는 목소리가 들려왔
다. 묘 자리를 정한 후에도 그녀는 성가대에 관해 이런
저런 지시를 내렸고 그 후 소꼴로프는 자리를 떴다.

"이 모든 걸 제가 다 처리해야 한답니다."

쁘라스꼬비야 표도로브나는 탁자 위에 놓여 있던
앨범들을 한쪽으로 치우면서 뾰뜨르 이바노비치에게
말했다. 그러다가 담뱃재가 탁자 위에 떨어지려 하는
것을 보고는 뾰뜨르 이바노비치 앞으로 재빨리 재떨
이를 밀어 놓아주며 말을 이어갔다.

"슬픔 때문에 실제적인 일을 처리하지 못하겠다고 말하는 건 위선이라고 생각해요. 오히려, 설사 위안까지 받을 수는 없다 치더라도… 그래도 슬픔으로부터 마음을 돌릴 수 있는 방법은 그이를 위한 일에 신경을 써주는 것뿐인 것 같아요."

그녀는 다시 울음을 터뜨리려는 듯이 손수건을 꺼내 들었으나, 갑자기 마음을 다잡은 것처럼 몸을 한 번 부르르 떨더니 차분하게 말을 꺼냈다.

"사실은 당신께 상의드릴 일이 있어요."

뾰뜨르 이바노비치는 금방이라도 튀어나갈 듯이 꿈틀거리는 의자 스프링을 억누르면서 그녀에게 고개를 끄덕여 보였다.

"마지막 며칠 동안 그이는 몹시 고통스러워했어요."

"그렇게나 고통이 심했던가요?"

"아아, 끔찍스러울 정도였어요! 임종을 앞두고는 몇 분이 아니라 몇 시간 동안이나 끊임없이 비명을 질러댔지요. 삼일 밤낮을 똑같은 소리로 비명을 질러대더군요. 정말 견뎌내기 힘든 시간이었어요. 제가 그걸 어떻게 견뎌냈는지 모를 지경이에요. 방 세 개를 넘는 곳까지 비명 소리가 들렸답니다. 아아! 내가 그 걸 어떻게 다 견뎌냈는지!"

"정말 그런 상태에서도 의식은 있었다는 말입니까?"

"예, 마지막 순간까지도 의식은 있었어요." 그녀가 중얼거리듯 대답했다. "죽기 15분 전에는 우리에게 작별을 고하고는 아들 아이를 데리고 나가달라는 부탁까지 하더군요."

천진난만한 어린 아이로서, 그 다음엔 학창 시절 친구로서, 어른이 되고 난 후엔 직장 동료로서 그토록 가깝게 알고 지냈던 사람이 받았을 고통을 생각하자 뾰뜨르 이바노비치는 자기 자신과 이 여인의 위선이 추악하게 느껴졌다. 하지만 그럼에도 불구하고 그를 불현듯 사로잡은 것은 공포의 감정이었다. 그의 눈앞에 고인의 이마와 마치 윗입술을 내리 누를 듯 높이 솟은 코가 다시 떠오르자 그는 덜컥 겁이 났다.

'삼일 밤낮으로 이어진 끔찍한 고통과 죽음. 이건 언제든 나에게도 닥칠 수 있는 일이야.' 이런 생각이 들자 그는 순간적으로 공포에 몸서리를 쳤다. 하지만 어찌된 영문인지 자신도 모르게 다음 순간에는, '이건 내가 아닌 이반 일리치에게 일어난 일일 뿐이야. 이런 일은 나에게는 일어나서도 안 되며 일어날 리도 없어. 또한 쉬바르쯔의 얼굴 표정이 분명히 보여주듯이, 이런 느낌이 드는 건 내가 쓸데없이 우울한 기분에 빠져있기 때문이야'라는 평범한 생각이 떠올라 그의 마음을 편하게 해주었다. 이렇게 생각을 정리하자 마음이 한결 안정된 뾰뜨르 이바노비치는 이반 일리치의 마지막에 대해서 관심을 가지고 이것저것 물어보기 시작했다. 마치 죽음이란 원래부터 이반 일리치에게만 일어날 수 있는 사건이며 자신에게는 전혀 해당하지 않는다는 태도였다.

미망인은 이반 일리치가 겪은 정말로 끔찍했던 육체적 고통에 대해 여러모로 상세한 이야기를 해준 후 (그 상세한 사항들이란 결국 이반 일리치의 고통이 쁘라스꼬비야 표도로브나 자신의 신경을 얼마나 자극했냐는 것으로 모아졌다) 이제 본론으로 들어갈 필요성을 느낀 것처럼 보였다.

"아, 뾰뜨르 이바노비치, 전 정말 힘들어요, 끔찍하게, 끔찍하게 힘들답니다." 그녀는 또다시 울음을 터뜨렸다.

뾰뜨르 이바노비치는 한숨을 내쉬고는 그녀가 코를 풀기를 기다렸다. 그녀가 코를 다 풀자 그가 말을 꺼냈다.

"당연히 그러시겠지요….."

그러자 그녀는 다시 열을 올려가며 분명 자신의 원래 용건이었던 것을 꺼내기 시작했다. 그것은 남편이 사망한 이 경우에 국고에서 어떻게 지원금을 받아낼 수 있는가에 관한 것이었다. 그녀는 일단 연금에 관한 조언을 구하는 척 했다. 하지만 그녀는 그조차도 모르고 있던 사항들, 즉 남편의 사망을 구실로 받을 수 있는 모든 종류의 국고 지원금을 아주 세세한 부분까지 이미 알고 있었다. 그럼에도 불구하고 그녀는 돈을 좀 더 뜯어낼 수 있는 방법은 없겠는지 알아내고 싶었던 것이다. 뾰뜨르 이바노비치는 방법을 생각해내려고 애써 보았으나 잠시 생각해본 후 예의상 정부의 인색함을 비난하고는 더 이상의 방법은 없을 것 같다고 말해주었다. 그러자 그녀는 한숨을 내쉬고는 이제는 이 조문객으로부터 어떻게 벗어날지 궁리하는 티를 내기 시작했다. 이를 눈치 챈 뾰뜨르 이바노비치는 담배를 끄고 자리에서 일어나 그녀의 손을 한 번 잡아주고는 현관 쪽 방향으로 갔다.

이반 일리치가 골동품 가게에서 샀다고 아주 좋아하던 시계가 걸려있는 식당에서 뾰뜨르 이바노비치는 사제와 추도식 참석을 위해 온 몇몇 지인들, 그리고 전부터 알고 지냈으며 이제는 아름다운 숙녀가 된 이반 일리치의 딸을 보았다. 그녀는 온통 검은 색 옷을 두르고 있었기에 원래도 가는 허리가 더욱 가늘어 보였다. 그녀의 표정은 침울했지만, 한편으로는 분노했다고 표현할 수 있을 정도로 딱딱하게 굳어 있기도 했다. 그녀는 무슨 잘못이라도 저지른 사람을 대하는 것과 같은 태도로 뾰뜨르 이바노비치에게 인사를 했다. 그녀의 뒤에는 역시 화가 난 표정을 짓고 있는 젊은이가 서 있었는데 그는 뾰뜨르 이바노비치와도 아는 사이인 부유한 예심 판사로서, 들리는 말로는 그녀와 결혼할 남자라고 했다.

뾰뜨르 이바노비치가 숙연한 표정으로 그들과 인사를 나눈 후 고인이 안치된 방으로 가려고 할 때 계단 아래쪽에서부터 이반 일리치를 무섭도록 닮은 중학생 아들이 나타났다. 그 모습은 뾰뜨르 이바노비치의 기억에 남아 있는 법률학교 시절의 소년 이반 일리치 그대로였다. 두 눈은 울어서 퉁퉁 부어 있었는데, 그것은 이미 순수함을 잃어버린 열서너 살 소년들에게서 찾아볼 수 있는 눈이었다. 뾰뜨르 이바노비치를 보더니 소년은 굳은 표정으로 창피한 듯 얼굴을 찌푸렸다. 뾰뜨르 이바노비치는 그에게 고개를 끄덕해 보이고는 고인이 있는 방으로 들어갔다.

추도식이 시작되고 촛불, 신음 소리, 향냄새, 눈물, 흐느낌이 뒤따랐다. 뾰뜨르 이바노비치는 미간을 찌푸린 채 자신의 발을 내려다보며 서 있었다. 그는 추도식이 끝날 때까지 단 한 번도 고인 쪽을 쳐다보지 않았으며 마음을 약하게 만드는 어떤 분위기에도 굴복하지 않았다. 그리고 추도식이 끝난 다음에는 맨 먼저 자리를 뜨는 사람들에 섞여 방을 나왔다. 현관에는 아무도 없었다. 집사 일을 돕는 하인 게라심이 고인이 안치된 방에서 뛰어나왔다. 그는 뾰뜨르 이바노비치의 외투를 찾기 위해 억센 손으로 손님들의 외투들을 들춰보다가 그것을 찾아서는 건네주었다.

"이보게 게라심, 어떤가?" 무슨 말이라도 해야 했기에 뾰뜨르 이바노비치는 말을 건넸다.

"슬프지?"

"모두 하나님의 뜻이지요. 우리도 다 거기 가게 될 텐데요 뭐." 게라심이 농민 사내답게 희고 가지런한 이를 드러내 보이며 말했다. 그는 할 일이 한창 많은 상황이었기에, 힘차게 현관문을 열어젖혀 마부를 소리쳐 부른 다음에 뾰뜨르 이바노비치를 마차에 태우고는 뒤이어 해야 할 일을 생각하는 표정으로 몸을 획 돌려 현관 계단 쪽으로 뛰어갔다.

향 냄새, 시신 냄새, 석탄산 냄새를 벗어나 신선한 공기를 들이마시게 되자 뾰뜨르 이바노비치는 기분이 더할 나위 없이 상쾌해졌다.

"어디로 모실까요?" 마부가 물었다.

"아직 늦진 않았군. 표도르 바실리예비치 집에 들러도 되겠어."

그렇게 말하고 뾰뜨르 이바노비치는 그곳으로 향했다. 실제로 첫 판이 끝날 무렵에 그곳에 도착했기에 다섯 번째 사람으로서 새 판에 끼어들기가 편했다.

〈2〉

이반 일리치의 과거 삶은 지극히 단순하고 평범
했으며 동시에 지극히 끔찍한 것이기도 했다.

고등 법원 판사로 재직하던 이반 일리치는 45세의
나이로 세상을 떠났다. 그는 관리의 아들이었는데, 그
의 아버지는 뻬쩨르부르그의 여러 관청과 부서를 거
치면서 출세 가도를 달린 사람이었다. 이 출세라는 것
은 어떤 사람이 주요한 직책을 수행할 능력이 없다는
점이 판명됨에도 불구하고, 어쨌든 그가 오래 일해 와
서 관등이 높아진 덕분에 직장에서 쫓겨나지 않아도
되는 상태에까지 도달하는 출세를 의미했다. 그렇기
에 이런 사람들은 그들을 위해 고안된 허구에 가까운
직책을 얻지만 그래도 6천에서 1만 루블에 이르는 실
제 봉급을 받아가며 늙을 때까지 살아가게 마련이다.

3등 문관 일리야 예피모비치 골로빈도 그런 사람으
로서, 온갖 쓸데없는 관청들에 마련된 쓸데없는 자리

들 중 하나를 차지하고 있던 사람이었다.

그에겐 아들이 셋 있었는데, 이반 일리치는 그중 둘째였다. 첫째 아들은 비록 근무 관청은 달랐지만 아버지와 같은 방식으로 출세 가도를 달렸고 이제는 타성에 젖어 월급만을 받아 챙기는 근속 연령에 가까워지고 있었다. 셋째 아들은 실패작이었다. 그는 이곳저곳 전전하면서 실패만 거듭하다가 이제는 철도 관련 일을 하고 있었다. 아버지와 형들, 그리고 특히 형수들은 그와 만나기를 꺼려했을 뿐만 아니라 꼭 필요한 경우가 아니라면 그의 존재를 머리에 떠올리려 하지도 않았다. 하나 있는 딸은 그레프 남작에게 시집을 갔는데, 그 역시 장인처럼 뻬쩨르부르그에서 관직에 있었다. 이반 일리치는 흔히 말해지는 'le phénix de la famille(집안의 자랑거리)'였다. 그는 형처럼 냉정하거나 치밀하지도 않았고 동생처럼 될 대로 되라는 식의 성격도 아니었다. 그는 형과 동생의 중간쯤 되는, 똑똑하고 활기차며 남에게 좋은 느낌을 주는 예의바른 인간이었다. 그는 동생과 함께 법률학교를 다녔다. 동생은 학교를 마치지 못하고 5학년 때 퇴학당했지만 이반 일리치는 우수한 성적으로 졸업했다.

이미 법률학교 시절에 그에겐 이후로 평생 동안 유지될 면모가 형성되었다. 그는 재능이 있고 활달하고 상냥하고 사교성도 좋았으며 한편으로는 자신의 의무라고 생각하는 일은 철저하게 해내는 사람이었다. 그는 높은 직위에 있는 사람들이 의무라고 간주하는 모든 것들을 자신의 의무로도 생각했다. 그는 어렸을 때나 어른이 되어서나 아첨과는 거리가 멀었지만, 아주 젊을 때부터 마치 불빛에 이끌리는 날벌레처럼 최상위층 사람들에게 이끌려 그들의 행동 방식과 인생관을 흡수하면서 그들과 친밀한 관계를 맺어 나갔다. 어린 시절과 청년 시절에 그가 마음을 빼앗겼던 모든 열정은 별다른 흔적을 남기지 않고 스쳐 지나갔다. 여성에 대한 욕구와 허영심, 그리고 최종적으로는 졸업을 앞두고 빠져든 자유주의 사상, 이 모든 것은 그의 감정이 괜찮다고 정해놓은 일정한 범위를 벗어난 적이 없었기 때문이다.

법률학교 재학 시절에 그는 예전에는 아주 추악하다고 여겼고 자기 자신에 대한 혐오감마저 느꼈던 행위들을 한 적이 있었다. 하지만 시간이 좀 지난 후, 높은 지위에 있는 사람들 역시 그런 행위들을 저지르며 죄악시하지도 않는다는 사실을 알게 되면서부터는 그의 태도가 달라졌다. 자신의 행위들이 괜찮은 것이었다고까지 정당화하지는 않았지만, 어쨌든 그는 그런 행위들을 했다는 사실 자체를 완전히 잊어버리고 그것과 관련된 기억 때문에 괴로워하는 일은 전혀 없게 되었다.

법률학교를 졸업하고 10등 문관으로 임용되자 아버지는 제복을 맞춰 입으라고 돈을 주었다. 그는 그 돈으로 샤르메르 양복점에서 옷을 맞추고는 'respice finem(결과를 예견하라)'라는 라틴어 문구가 새겨진 작은 메달을 시곗줄에 매달았다. 그는 학교 은사인 공작을 찾아가 작별 인사를 한 후 친구들과는 도농 레스토랑에서 축하연을 가졌다. 그러고는 최고급 상점들에 주문하여 구입한 최신 유행의 여행 가방, 속옷, 옷가지, 면도와 세면도구, 여행용 모포 등을 챙긴 다음에 아버지가 손을 써서 마련해놓은 현 지사 특임 보좌관 직책을 맡기 위해 지방으로 떠났다.

지방으로 간 지 얼마 되지 않아 이반 일리치는 법률학교 시절에서와 마찬가지로 자신의 입지를 편안하고도 기분 좋게 다져놓았다. 그는 업무를 수행하며 경력을 쌓아가면서도 한편으로는 유쾌하고도 품위 있게 삶을 즐겼다. 가끔은 상부의 지시에 따라 군의 여러 지역으로 출장을 가기도 했는데, 그럴 때마다 그는 상대의 지위가 높고 낮음을 가리지 않고 모두에게 점잖게 대했다. 또한 주로 분리파[2] 교도 문제와 관련해 자신에게 부과된 업무를 수행할 때면 자기 자신도 자랑스러워할 만큼의 정확성과 청렴성을 발휘했다.

그는 젊은 나이였기에 가벼운 유흥에 마음이 끌리는 경우도 있었지만 업무 처리에 있어서만큼은 지극히 신중하고 공적인 태도를 취했고 심지어 엄격하기까지 했다. 하지만 사교적인 자리에서는 종종 장난기와 재치가 넘쳤으며 언제나 친절하고 예의바르게 행동했기에, 그를 한 가족처럼 생각하던 현 지사 내외는

---

2) 17세기 중반 러시아 정교회의 수장이던 총대주교 니꼰의 교회 개혁에 반대하여 원래의 예식과 의식을 고수함으로써 러시아 정교회로부터 분리되어 나온 종파이다.

그를 'bon enfant(착한 아이)'라고 부르곤 했다.

세련된 법조인으로서의 모습을 보이던 그에게 그 지방의 여러 부인들이 접근해 왔는데 그는 그들 중 한 여성과 염문을 뿌렸고, 어떤 모자 가게 여주인과도 그런 일이 있었다. 시종 무관들이 출장을 오면 술자리를 마련해 그들을 대접했고 저녁 식사가 끝나면 멀리 떨어진 한적한 곳으로 원정을 떠나기도 했다. 한편으로는 현 지사와 심지어 그의 부인의 비위까지 맞춰주는 일도 계속했다. 하지만 이 모든 일들에는 나름대로의 고상함과 절도가 있었기에 험담의 대상이 되지 못했다. 사실 이 모든 일들은 프랑스 격언에 나오는 'il faut que jeunesse se passe(젊음과 방탕은 일맥상통)'라는 어구에 어울리는 정도의 행위였을 뿐이다. 깨끗한 셔츠를 입고 깨끗한 손으로 프랑스어를 구사하며 벌이는 이런 행위들은 무엇보다도 당시의 상류층에서 고위층 인사들의 승인 하에 흔히 저질러지던 행위였기 때문이다.

그렇게 5년의 시간을 보내자 이반 일리치에게 자리를 옮길 기회가 찾아왔다. 새로운 법률 기구들이 생겨

나면서 새로운 인물들도 필요해졌던 것이다.

이반 일리치도 그런 새로운 인물이 되었다.

그에게 예심 판사 자리를 맡아달라는 제안이 들어 왔다. 다른 현에 있는 자리였기에 그때까지 쌓인 인맥을 포기하고 새로운 관계를 쌓아야 했음에도 불구하고 이반 일리치는 그 자리를 받아들였다. 친구들은 송별회를 열어주었고 단체 사진을 찍었으며 은제 담배 케이스를 선물해주었다. 그 후 이반 일리치는 새 임지로 떠났다.

예심 판사가 된 후에도 이반 일리치는 이전의 특임 보좌관 시절과 마찬가지로 공과 사를 구분하며 더할 나위 없이 모범적이고 예의바른 태도를 보임으로써 사람들의 존경심을 자아냈다. 예심 판사 업무 자체도 이전의 업무에 비해 훨씬 더 흥미롭고 매력적이었다. 이전 직장에서는 덜덜 떨며 현 지사와의 면담을 기다리는 민원인들이나 자신을 부러운 눈길로 바라보는 관리들의 옆을 지나 샤르메르 양복점에서 맞춘 제복을 입은 채 당당한 걸음걸이로 상관의 집무실로 직행하여 함께 담배를 피우며 차를 마시는 일이 즐거웠다.

하지만 그곳에서는 그가 자신의 뜻대로 좌지우지할 수 있는 사람은 별로 없었다. 그런 사람들이라고는 기껏해야 출장 가서 만나게 되는 경찰서장들이나 분리파 교도들뿐이었다. 그는 자신의 권한 하에 놓여 있는 그들을 거의 동료를 대하듯 정중하게 대함으로써 그들로 하여금 '나를 뭉개버릴 수도 있는 이 사람이 이렇듯 소박하고도 친밀한 태도로 대해주는군!'이라고 놀라도록 만들기를 좋아했는데, 사실 그는 자신의 그런 행동을 즐겼던 것이다. 당시에는 이런 방식으로 다룰 수 있는 사람들이 별로 없었다.

하지만 예심 판사가 된 지금은 아무리 중요하고 남부러울 것이 없는 사람이라도 예외 없이 자신의 손안에 있다는 점, 종이 한 장에 제목과 함께 정해진 몇 마디만 쓰기만 하면 이 중요하고도 남부러울 것 없는 인물을 피고인 혹은 증인 자격으로 소환할 수 있다는 점, 그리고 그가 마음먹기에 따라서는 이 인물을 앉히지 않고 세운 채로 질문에 답하도록 만들 수 있다는 점을 알게 되었다. 이반 일리치는 그러한 권력을 한 번도 악용하지 않았고 오히려 그 권력을 부드럽게 행사하려고 노력했지만, 어쨌든 자신에게 그러한 권력이 있다는 점, 그리고 그 표현 강도를 자신이 조절할 수 있다는 점은 새 업무의 가장 흥미롭고도 매력적인 요소였다. 실제 업무, 즉 심리에 있어서는 법률적 측면과 관계없는 상황들은 모두 배제하는 방법, 그리고 아무리 복잡한 사건이라도 자신의 개인적인 의견은 철저히 물리친 채 서류의 필요 형식을 최우선적으로 준수하면서 오직 외적인 형태로만 서류에 반영하는 방법을 아주 빠르게 터득했다. 이것은 새로운 방식의 업무였으며, 그는 1864년에 제정된 법률을 최초로 실행에 옮긴 사람들 중 한 명이었던 것이다.

예심 판사로서 새 도시로 옮겨온 후 이반 일리치는 새로운 사람들을 사귀며 인맥을 구축했고, 새로운 방식으로 자신의 위치를 정립했다. 그러면서 그는 이전과는 약간 다른 태도를 보이기 시작했다. 그는 현의 권력층 인사들과는 어느 정도 품위 있는 거리를 유지한 반면 그 도시의 법조인들과 부유한 귀족층 중에서 가장 뛰어난 사람들을 친교의 대상으로 선택했다. 그는 그들과 어울릴 때면 정부에 대한 가벼운 불만, 온

건한 자유주의 사상, 개화된 시민의식을 내비쳤다. 외양을 우아하게 꾸미는 습관은 전혀 바꾸지 않았지만 새 직무를 시작하면서부터는 이전과는 달리 턱수염을 깎지 않고 그대로 자라도록 내버려두었다.

새 도시에서도 이반 일리치의 삶은 아주 유쾌하게 흘러갔다. 현 지사에 대해 불만을 품고 있던 사교계 사람들은 친절했고 선량했다. 봉급은 올랐으며, 그 무렵 배우기 시작한 빈트라는 카드 게임도 그의 삶에 적잖은 유쾌함을 더해주었다. 그는 빠르고 정확하게 상황 판단을 하면서 카드 게임을 하는 재능이 있었기에 대개 항상 돈을 따는 편이었다.

새 도시에서 일을 시작한 지 2년이 지났을 때 이반 일리치는 미래의 아내가 될 여성을 만났다. 쁘라스꼬비야 표도로브나 미헬은 이반 일리치가 드나들던 사교 그룹에서 가장 매력적이고 현명하며 멋진 아가씨였다. 예심 판사 업무에서 빠져나와 한숨 돌리는 차원에서 이반 일리치에게 몇몇 즐거운 오락거리들이 있었던 것처럼 쁘라스꼬비야 표도로브나와의 관계도 그렇게 시작되었다.

이반 일리치는 특임 보좌관 시절에는 종종 춤을 추었으나 예심 판사가 되고부터는 예외적인 경우가 아니라면 춤을 추지 않았다. 비록 새롭게 만들어진 기관의 5등관에 불과하긴 했지만 춤에 관한 한 자신이 최고라는 것을 증명하고 싶을 때만 춤을 추었다. 이런 식으로 그는 파티가 끝날 무렵 가끔씩 쁘라스꼬비야 표도로브나와 춤을 추었는데, 이렇게 춤을 추는 일이 이어지면서 그녀의 마음을 완전히 사로잡아 버렸다. 그녀는 사랑에 빠졌다. 이반 일리치는 결혼을 해야겠다는 뚜렷하고 확실한 의도를 가지고 있지는 않았지만, 그녀가 자기에게 푹 빠졌다는 것을 알게 되자 '맞아, 뭐 결혼 못할 이유도 없잖아?'라고 생각했다.

쁘라스꼬비야 표도로브나는 좋은 귀족 집안 출신 아가씨로서 외모도 괜찮았고 약간의 재산도 있었다. 이반 일리치는 더 화려한 배우자를 희망해볼 수도 있었지만 그녀 정도만 되어도 괜찮은 선택이었다. 그에게는 자신의 봉급이 있었고 그녀 역시 시집올 때 그 정도의 지참금은 가져올 것이라고 기대했다. 집안 식구들도 괜찮았지만 그녀 자신도 사랑스럽고 예뻤으며 몸가짐도 아주 훌륭한 여성이었다. 이반 일리치가 신부가 될 아가씨를 사랑했고 서로의 인생관에 공감대가 있어서 결혼했다고 말하는 것은 일부분만 정당하다. 그가 속한 상류 사회가 두 사람의 결합에 고개를 끄덕여주었기에 결혼했다고 말하는 것 역시 일부분만 정당하다. 그는 이 두 가지를 모두 고려해서 결혼했기 때문이다. 말하자면, 그는 그러한 여성을 아내로 맞이함으로써 자신을 위해 기분 좋은 일을 한 것이고, 동시에 최상류층 사람들이 옳다고 여기는 일을 한 것이기도 했다.

이렇게 해서 이반 일리치는 결혼했다.

결혼식 준비 과정, 그리고 새 가구, 새 식기, 새 속옷을 갖추고 서로에 대한 애정 표현이 넘치던 신혼 시절은 아내가 임신하기 전까지만 해도 매우 행복하게 흘러갔다. 따라서 이반 일리치는 결혼이 그가 인간 삶의 본질이라고 보았던 것, 즉 편안하고 기분 좋고 유쾌하며 품위가 있는데다가 사교계의 승인까지 받는 삶을 망치는 것이 아니라 오히려 그것을 더욱 풍요롭게 하여준다고 생각하기 시작했다. 그러나 아내가 임신한 지 채 몇 달이 지나기도 전에 무언가 예기치 못했던 불쾌하고 힘들며 예절이 깨지는 일들이 새롭게 발생하기 시작했는데, 그것은 이반 일리치로서는 전혀 예상할 수도 또 벗어날 방법도 없는 것들이었다.

이반 일리치가 보기에 아내는 그때까지의 유쾌하고 품위 있던 삶을 아무런 이유도 없이, 그가 프랑스어로 혼잣말했듯이, de gaité de cœur(자기 마음 내키는 대로) 파괴하기 시작했다. 그녀는 아무 근거도 없이 질투를 하고 자기에게만 신경 써 달라고 요구하는가 하면, 매사에 트집을 잡으면서 불쾌하고도 천박한 장면들을 연출했다.

처음에 그는 예전에 자신을 구해주었던, 삶에 대한 가볍고도 우아한 바로 그 태도를 통해 이 불쾌한 상황에서 벗어나기를 바랐다. 그는 아내의 기분을 무시하려 시도하면서 예전과 같은 가볍고 유쾌한 삶을 이어갔다. 카드 게임을 위해 친구들을 집으로 불러들이는가 하면 자신이 직접 클럽이나 친구들 집으로 가기도 했다. 그러던 중 어느 날 아내는 그에게 무섭게 화를 내며 거친 말로 욕을 퍼붓더니 그 뒤로는 그가 자신의 요구를 들어주지 않을 때면 어김없이 욕을 퍼부었다. 그가 굴복할 때까지, 즉 그가 자신처럼 우울한 낯빛으로 집에 죽치고 앉아있을 때까지 계속 그렇게 하리라고 작심한 것이 분명했다. 이반 일리치는 공포에 질렸다. 그는 결혼 생활, 적어도 자신의 아내와 같은 사람과 함께 하는 결혼 생활은 유쾌하고 품위 있는 삶을 이끌어내지 못할 뿐더러 오히려 종종 그런 삶을 망친다는 사실, 그렇기에 그러한 파괴로부터 자신을 보호해야 한다는 사실을 깨달았다. 그래서 이반 일리치는 그렇게 할 수 있는 방법을 모색하기 시작했다. 그의 직무는 아내도 그에게 뭐라 할 수 없는 유일한 영역이었다. 그래서 이반 일리치는 직무와 거기서 비롯되는 각종 의무들을 핑계 삼아 자신의 독립된 세계를 지켜나가며 아내와 투쟁하기 시작했다.

아내는 출산 후 아기에게 모유를 수유하려는 여러 시도가 실패로 돌아갈 때마다, 그리고 실제이든 상상이든 자기와 아기가 아플 때마다, 남편이 관심을 가져줄 것을 요구했다. 하지만 이반 일리치는 그런 상황을 이해할 수 없었기에 가정 밖에서 자신의 세계를 확보해야 한다는 필요성만이 더욱 절실해졌다.

아내의 짜증이 늘어나고 요구 사항이 더 많아질수록 이반 일리치는 삶의 무게 중심을 점점 더 직무 쪽으로 옮겨놓기 시작했다. 그는 자신의 일을 더 사랑하게 되었으며 명예욕도 이전보다 더 강해졌다.

결혼한 지 채 1년도 되지 않은 매우 빠른 시점부터 이반 일리치는 결혼 생활이 삶에 몇 가지 편의를 제공하기는 하지만 본질적으로는 매우 복잡하고 힘겨운 일이라는 점을 깨달았다. 따라서 그 속에서 자신의 본분을 다하려면, 즉 사회의 인정을 받는 품위 있는 결혼 생활을 영위하기 위해서는 직무에서와 마찬가지로 가정에서도 확실한 태도를 정할 필요가 있다는 점도 깨달았다.

실제로 이반 일리치는 결혼 생활에 대한 자기 나름의 태도를 정립했다. 그는 가정생활에서 아내가 그에게 줄 수 있는 편의사항들인 식사, 집안 살림, 잠자리만을 요구했는데, 외부 사람들이 볼 때 품위 있는 가정으로서의 모양새만 갖춰진다면 더 이상의 것은 바라지 않았다. 물론 그가 가정생활의 나머지 영역에서 즐겁고 유쾌한 것을 추구하는 경우도 있기는 했고 실제로 그러한 것들을 발견하면 매우 감사하는 마음을 가지곤 했다. 하지만 아내의 저항과 불평에 부딪히면, 그는 단절되고 장벽을 둘러친 자신만의 직무의 세계로 즉시 후퇴해 거기에서 즐거움을 찾곤 했다.

이반 일리치는 훌륭한 업무 능력을 인정받아 3년 후에는 검사보로 승진했다. 새로운 임무와 그 임무의 중요성, 누구든 법정에 세우고 감옥에 보낼 수 있는 권한, 자신의 말이 가지는 공적인 가치, 직무 수행에서 거둔 성공, 이 모든 것들이 그로 하여금 더욱 일에 빠져들게 만들었다.

아이들이 더 태어났다. 아내의 불평은 더 심해졌고 짜증도 늘었지만 가정생활에 대해 정해놓은 태도 덕분에 이반 일리치는 그녀의 불평으로부터 별 영향을 받지 않게 되었다.

한 도시에서 7년을 근무하고 난 후 이반 일리치는 다른 현으로 검사 승진 발령을 받았다. 이사를 했으나 돈이 부족했고 아내는 이사 온 곳을 마음에 들어 하지 않았다. 봉급이 예전보다 더 많아졌지만 생활비 역시 더 많이 들었다. 게다가 아이가 두 명이나 죽었기에 이반 일리치에게 가정은 더욱 불쾌한 곳이 되어버렸다.

쁘라스꼬비야 표도로브나는 새 거주지에서 일어난 모든 불행을 남편 탓으로 돌리며 비난했다. 부부간 대화의 대부분, 특히 아이들의 양육에 관한 것은 예전에도 다툰 적이 있었던 문제들로 이어졌고 그러면 다시 말다툼이 일어나기 일쑤였다. 부부간에 사랑의 감정이 다시 찾아오는 때도 드물게나마 있기는 했지만 그것도 오래 가지는 않았다. 그것은 그들이 잠시 머무는 작은 섬과도 같은 것이었기에, 그러한 시기가 지나면 그들은 다시 서로를 멀리하며 잠시 감추어두었던 적개심의 바다에 풍덩 빠지곤 했다. 만일 이반 일리치가 아내와의 소원한 관계를 비정상적인 것으로 여겼다면 무척 괴로웠겠지만, 그는 이미 이러한 관계가 정상적일 뿐만이 아니라 가정생활에서 자신이 지향해야 하는 목표라고까지 인정하고 있었다. 그의 목표는 자신이 이러한 불쾌한 일들로부터 더욱 멀리 벗어남으로써 그러한 상황으로부터 파생되는 피해를 없애고 품격 있는 가정으로서의 겉모습을 만드는 것이었다. 그는 가족과 함께 하는 시간을 점점 더 줄여감으로써 이 목표를 달성하고자 했지만, 어쩔 수 없이 가족과 함께 시간을 보내야 할 때가 오면 다른 사람들을 불러들여 자신의 입지를 확보하려고 노력했다.

중요한 것은 이반 일리치에게 직무가 있었다는 사실이었다. 그의 삶의 모든 재미는 직무 속에 집중되었고 이러한 재미가 마침내 그를 완전히 삼켜버렸다. 마음만 먹으면 누구든 파멸시킬 수 있는 권력이 자신에게 있다는 사실에 대한 자각, 법정에 들어설 때나 부하 직원들을 대할 때 외적으로도 직감되는 자신의 권위, 상사나 부하직원들 앞에서 거두는 성공, 그리고 무엇보다도 스스로도 느끼는 뛰어난 업무 수행 능력 — 이 모든 것이 그를 기쁘게 만들었다. 또한 동료들과의 담화와 식사, 그리고 빈트 게임도 그의 삶을 풍요롭게 해주었다. 이렇듯이 이반 일리치의 삶은 그가 믿었고 예상했던 바와 마찬가지로 대체로 유쾌하고도 품위 있게 흘러갔던 것이다.

그는 이렇게 7년의 시간을 더 보냈다. 첫째 딸은 벌

써 16세가 되었고 또 한 명의 아이가 죽었으며, 부부 싸움의 원인이기도 한 중학생 아들이 남았다. 이반 일리치는 아들을 법률학교에 보내고 싶어 했지만 쁘라스꼬비야 표도로브나는 남편이 미워서 아들을 일부러 일반 중학교에 보내버렸다. 딸은 집에서 교육을 받으며 잘 자라났고 아들도 공부를 괜찮게 했다.

⟨3⟩

그렇게 이반 일리치의 삶은 결혼 이후 17년 동안 흘러갔다. 더 좋은 자리가 나기를 기대하며 몇 차례의 보직 이동 기회를 거절하고 나니 이제 그는 고참 검사가 되어 있었다. 그러던 중 그의 평온한 삶을 완전히 흔들어버릴 수도 있는 불쾌한 사건이 갑자기 발생했다. 이반 일리치는 어느 대학 도시의 재판장 자리를 바라고 있었는데 고뻬라는 사람이 그를 제치고 그 자리를 차지해버린 것이다. 이반 일리치는 격분해서 고뻬를 비난했고 그는 물론이고 자신이 가까이 지내던 상급자들과도 말다툼을 벌였다. 그러자 사람들은 그를 차갑게 대하기 시작했고 결국 그는 그 다음 승진 인사에서도 제외되고 말았다.

이 일이 벌어진 것은 1880년이었다. 그 해는 이반 일리치의 삶에서 가장 힘든 해였다. 한편으로는 봉급이 생활비를 감당하기에 부족한 상태가 되었다. 다른 한편으로는 모두가 그를 잊었다는 사실, 또한 그가 보기에 자신에게 가해진 지극히 부당하고도 잔인한 조치를 다른 사람들은 별 일 아닌 것으로 여긴다는 사실이 그를 힘들게 했다. 심지어 아버지조차 그를 도와줄 생각을 하지 않았다. 다들 그가 3천 5백 루블의 연봉을 받는 직위를 가지고 있는 것만으로도 아주 정상적이고도 행복한 일이라고 여기며 그를 도외시한다는 느낌을 받았다. 자신에게 가해진 조치가 부당하다고 생각하면서, 아내의 끝없는 잔소리에 시달리면서, 생활비 이상으로 사느라 빚을 지게 되면서, 결국 자신의 처지가 정상과는 멀어졌다는 점을 알고 있었던 사람은 그 혼자뿐이었다.

그 해 여름 이반 일리치는 생활비를 아껴 볼 생각으로 처남이 살고 있는 시골에서 여름을 보내기 위해

휴가를 내어 아내와 함께 떠났다.

직무에서 벗어나 시골에 머무는 동안 이반 일리치는 난생 처음 지루함은 물론이고 견디기 힘든 우울함까지 느꼈다. 이렇게는 살 수 없다고 생각한 그는 뭔가 단호한 조치를 취해야겠다고 마음먹었다.

테라스를 서성거리며 뜬 눈으로 밤을 지새운 이반 일리치는 이것저것 알아보기 위해 뻬쩨르부르그로 떠나기로 결심했다. 자신의 가치를 몰라보는 사람들을 혼내주기 위해서라도 다른 관청으로 옮길 방법을 찾고자 했던 것이다.

다음 날 그는 아내와 처남의 만류에도 불구하고 뻬쩨르부르그로 출발했다.

그는 한 가지 목적을 위해 떠났다. 연봉 5천 루블을 받을 수 있는 자리를 얻어내는 것이었다. 그는 이미 부서가 어디든, 직무의 방향이나 종류가 어떤 것이든 신경 쓰지 않았다. 그에게는 오직 자리, 5천 루블의 연봉이 보장되는 자리가 필요했을 뿐이고, 그것이 행정 기관이든, 은행이든, 철도 기관이든, 마리야 황후 학교이든, 하다못해 세관이더라도 상관이 없었다.

5천 루블의 연봉을 보장해주고 자신의 가치를 몰라보는 이 부서를 떠날 수 있게만 해준다면 어디든 상관없었다.

그런데 이 여행에서 이반 일리치는 예상치 못했던 놀라운 성공을 거두었다. 꾸르스크 역에서 1등 칸에 올라탄 그의 지인 Ф. С. 일린이 방금 꾸르스크 현 지사가 받은 전보 내용을 알려주었는데, 그 내용은 조만간 정부 부처에서 대대적인 인사이동이 있을 예정이며 뾰뜨르 이바노비치 자리에는 이반 세묘노비치가 내정되었다는 것이었다.

이번에 예정된 대대적 인사이동은 러시아라는 나라에도 의미가 있었지만 이반 일리치 자신에게도 특별한 의미가 있는 것이었다. 뾰뜨르 뻬뜨로비치나 특히 그의 친구 자하르 이바노비치와 같은 새로운 인물들이 승진하는 인사이동이 생기면 이반 일리치에게는 아주 유리한 상황이 조성될 수 있었기 때문이다. 자하르 이바노비치는 그의 동료이자 친구였다.

기차가 모스크바를 거쳐 가는 상황에서 이 소식은 사실로 확인되었다. 그래서 뻬쩨르부르그에 도착한 후 이반 일리치는 자하르 이바노비치를 찾아갔고, 그로부터 자신이 예전에 근무하던 법무성에 확실한 자리를 알아봐주겠다는 약속을 받아냈다.

1주일 후 이반 일리치는 다음과 같은 내용의 전보를 보냈다.

〈자하르가 밀레르의 자리로 이동함. 그 즉시 나도 임명받을 예정임〉

이번 인사이동 덕분에 이반 일리치는 자신이 예전에 일했던 법무성에서 동료들보다 두 단계나 높은 자리로 승진하게 되었다. 5천 루블의 연봉 외에도 3천 5백 루블의 이사 비용까지 주어졌다. 과거의 적들과 부서 전체에 대한 원망은 사라졌고, 그는 너무나 행복해졌다.

그는 오랜만에 유쾌하고 만족스러운 마음으로 시골로 돌아왔다. 쁘라스꼬비야 표도로브나 역시 기뻐했고 두 사람 사이에는 휴전이 성립되었다. 이반 일리치는 뻬쩨르부르그에서 모두가 자신을 축하해주었으며 한때는 적이었던 자들이 이제는 모두 얼굴에 부끄러운 빛을 띤 채 비위를 맞춰댔고 하나같이 자신의 승진을 부러워했으며 특히나 뻬쩨부르그에서는 모두가 자신을 좋아하게 되었다는 말 등을 늘어놓았다.

쁘라스꼬비야 표도로브나는 한마디의 반박도 하지 않고 모든 이야기를 신뢰한다는 표정으로 경청했다. 그녀는 이사 갈 도시에서 새롭게 삶을 꾸려갈 계획을 짜는 데만 정신이 팔려 있었다. 이반 일리치는 아내와 자신의 계획이 같다는 것, 둘의 마음이 통한다는 것, 휘청거리던 자신의 삶이 본연의 즐겁고 유쾌하며 품위 있는 모습을 되찾게 되었다는 점을 알게 되어 기뻤다.

이반 일리치는 시골에 오래 머물 수가 없었다. 9월 10일에는 새 직무를 시작해야 했으며, 그 외에도 쁘라스꼬비야 표도로브나의 마음속에 정해진 것과 거의 일치하게 그의 머릿속에 정해놓은 계획, 즉 지방에서 모든 짐을 옮겨 새 도시로 이사하면서 동시에 많은 것을 구입하고 주문하여 정착하려면 시간이 필요했기 때문이었다.

모든 일이 아주 성공적으로 흘러가고 부부간의 목표도 일치하는데다가 바빠서 서로 얼굴 볼 시간도 별로 없게 되자 그들은 신혼 초기 때만큼 사이가 좋아졌다. 이반 일리치는 곧 이어 가족을 데리고 떠나고 싶어 했지만, 이반 일리치 가족에게 갑자기 친절하고 살갑게 굴기 시작한 처남 내외가 만류하는 바람에 이반 일리치 혼자서 먼저 떠나게 되었다.

이반 일리치는 출발했다. 원하던 자리를 얻었고 아내와도 사이도 좋아지니 이 두 가지가 상호 상승작용을 일으켜 가는 내내 좋은 기분이 떠나지 않았다. 그와 아내가 꿈꾸던 멋진 집도 발견했다. 실내가 넓고 천장이 높은 고풍스러운 분위기의 응접실, 안락하면서도 중후한 느낌의 서재, 아내와 딸이 쓸 방들과 아들의 공부방까지, 이 모든 것이 마치 그의 가족을 위해 일부러 고안된 것 같았다. 이반 일리치는 직접 집을 꾸미기로 마음먹은 후 벽지를 고르고 가구를 사들였는데, 가구는 특히 고가구를 골라 우아한 분위기를 내기 위해 천을 덧씌웠다. 이런 식으로 새 집은 그가 생각했던 이상적인 모습에 점점 더 가까워져갔다. 집 단장을 반 정도 끝냈을 때 집의 모습은 벌써 그의 기대를 뛰어넘고 있었다. 단장이 마무리되면 이 집은 절

대 천박하지 않은, 모든 면에서 우아하고 세련된 집이
될 것이라고 생각했다. 홀이 어떤 모양이 될지 상상해
보면서 잠들기도 했다. 아직 단장이 덜 끝난 응접실을
바라보면서는 단장이 끝나면 제자리에 놓이게 될 벽
난로와 칸막이와 책장, 여기저기 배치될 의자들, 벽면
에 걸리게 될 크고 작은 접시들, 장식용 청동 조각품
들을 눈앞에 떠올려 보았다. 빠샤3)와 리잔까4)도 이런
문제에 흥미가 있기에, 그들을 놀라게 해줄 생각을 하
니 기분이 좋았다. 그들도 이 정도는 기대하고 있지
못할 것이었다. 특히나 이반 일리치는 집안 전체에 고
상한 품격을 더해줄 골동품들까지 찾아내 싼값에 구
입해 둔 터였다. 그러면서도 그는 가족에게 보내는 편
지에는 나중에 그들을 놀라게 해줄 요량으로 일부러
모든 것을 실제보다 좋지 않게 표현했다.

　이렇게 집안 꾸미는 일에 온 정신이 팔려 있다 보
니, 직무를 좋아하던 그도 새 직무에는 생각했던 것만
큼 신경을 쓰지는 못하고 있었다. 법정에서도 커튼 걸

---

3) 이반 일리치의 아내 '쁘라스꼬비야'의 애칭.
4) 이반 일리치의 딸 '리자'의 애칭.

이를 직선형으로 할지 유선형으로 할지 고민하는 등 생각이 딴 데 가 있는 경우가 종종 있었다. 집 단장에 완전히 몰입한 그는 종종 가구의 위치를 바꾸거나 커튼을 바꿔 달아보는 등의 일을 직접 하면서 낑낑댔다. 한 번은 그의 말을 이해 못하는 도배장이에게 어떻게 커튼을 달아야 하는지 보여주려고 직접 사다리에 올라갔다가 발을 헛디뎌 떨어지고 말았다. 하지만 워낙 튼튼하고 민첩한 그인지라 완전히 나뒹굴지는 않고 균형을 잡았으며 창틀 손잡이에 옆구리를 부딪치기만 했다. 부딪친 곳이 아프긴 했지만 통증은 곧 사라졌다. 집안을 꾸미는 기간 내내 이반 일리치는 매우 즐거웠고 건강상태도 좋았다. 편지에 '마치 15년은 젊어진 것 같다'라고 썼을 정도였다. 그가 9월에 마무리될 거라고 생각했던 집 단장은 예상과는 달리 10월 중순까지 이어졌다. 대신 집은 더 멋있어졌다. 그만 그렇게 말한 것이 아니라 집을 본 사람은 누구나 다 그렇게 말했다.

사실 이반 일리치가 집에 갖춰놓은 것들은 별로 부자도 아닌 사람들이 부자처럼 보이고 싶어서 너도나도 갖춰 놓는 바람에 결국은 자신들끼리 비슷해져 보이게 만드는 물건들, 즉 꽃무늬 천, 흑단, 꽃나무, 양탄자, 어둡고 광택이 나는 청동 조각품 등등이었다. 즉 이 모든 것들은 특정 계층 사람들이 자신과 같은 계층 사람들에 뒤떨어지지 않기 위해 집 안에 들여놓는 물건들인 것이다. 이반 일리치의 집에 있는 물건들도 대략 그런 종류였기에 딱히 눈길을 끌만한 것은 되지 못했다. 하지만 그의 눈에는 모든 것이 특별해 보였다.

이반 일리치는 기차역에서 가족을 맞이한 후, 단장을 마치고 불을 환히 밝혀놓은 집으로 그들을 데려왔다. 하얀 넥타이를 맨 하인이 꽃으로 장식된 현관문을 활짝 열자 식구들은 응접실과 서재로 돌아다니며 기쁨의 탄성을 질러댔고 이반 일리치는 너무나 행복했다. 집안 이곳저곳을 보여줄 때마다 쏟아지는 가족의 칭찬에 그의 얼굴은 뿌듯함으로 밝게 빛났다. 그날 저녁 차를 마시며 이런저런 얘기를 하던 중에 쁘라스꼬비야 표도로브나가 사다리에서 떨어진 건 어떻게 된 일이냐고 묻자, 그는 웃음을 터뜨리더니 자신이 얼마나 날쌔게 몸을 날렸는지를 흉내까지 내어 가며 보여 주었다.

"난 체조 선수 뺨치지. 다른 사람이었다면 크게 다쳤겠지만 난 여기만 좀 부딪치고 말았어. 건드리면 좀 아프긴 한데 벌써 괜찮아지고 있어. 멍만 좀 들었을 뿐이야."

그렇게 이반 일리치의 가족은 새 집에서 생활하기 시작했다. 새 집에 잘 적응이 된 후에는 늘 그렇듯이 방이 하나만 더 있었으면 하는 생각이 들었고, 봉급은 올랐지만 늘 그렇듯이 아주 조금만, 즉 5백 루블 정도만 더 있었으면 하는 생각도 들기는 했지만, 어쨌든 전반적으로는 매우 좋았다. 특히 아직 집 단장이 완전히 끝나지는 않았기에 더 사들이고 더 주문하고 재배치하고 수리해야 할 것이 남아 있던 초기에는 정말 좋았다. 부부 사이에 약간의 의견 불일치가 생기는 적도 있었지만 둘 다 생활에 아주 만족하고 있었고 아직 해야 할 일도 많았기에 큰 싸움으로까지 이어진 적은 없었다. 집 단장이 끝나 더는 할 일이 없어지자 다소 지루해지고 뭔가 부족해진 느낌이 들기는 했지만, 그때쯤은 이미 새로운 사람들을 알게 되고 새로운 생활 습관도 생겼기에 삶은 풍요로워져 있었다.

이반 일리치는 법원에서 오전 시간을 보낸 뒤 점심을 먹으러 집으로 돌아오곤 했다. 처음 얼마 동안은 좋은 기분으로 시간을 보냈지만, 집 문제로 인해 골치가 아픈 적도 있기는 했다(식탁보나 꽃무늬 천에 약간의 얼룩이라도 있거나 커튼 묶는 줄이 끊어져 있으면 확 짜증이 났다. 집 단장에 너무나 애를 썼기 때문에 하나라도 문제가 있으면 마음이 아팠던 것이다). 하지만 그의 평소 지론처럼 그의 삶은 대체로 편안하고 유쾌하고 품위 있게 흘러갔다. 그는 아침 아홉 시에 일어나 커피를 마시고 신문을 보다가 제복을 입고는 법원으로 출근했다. 거기에는 이미 업무라는 멍에가 준비되어 있었고 그는 그 멍에 속에 곧장 뛰어들었다. 청원인들, 집무실에 들어온 질의 문서들, 집무실 자체 업무, 공판과 공판 준비 회의 등이 그가 처리해야 할 일들이었다.

이 모든 일의 처리에 있어서는 공적 업무의 정당한 흐름을 방해하기 마련인 모든 투박하고도 지나치게 현실적인 요소들을 배제할 수 있어야 했다. 공무 차원이 아니라면 사람들과 어떠한 관계도 맺지 말아야 했으며, 만일 관계를 맺게 된다면 그 동기와 관계 자체는 오로지 공적인 것이어야만 했다. 가령, 어떤 사람이 무언가를 알고 싶어 찾아왔을 때, 그것이 자신의 공적 업무 영역이 아니라면 이반 일리치는 그와 절대로 어떠한 관계도 가질 수 없다. 하지만 만일 그와의 관계가 공문서에 제목을 붙여 표현될 수 있는 청원인과 법원 직원으로서의 관계라면, 이반 일리치는 그러한 관계의 범위 내에서 그를 위해 해줄 수 있는 모든 것을 확실히 해주었고 그러면서도 인간적이고 친밀한 관계 비슷한 것, 즉 정중함을 유지하고자 했다. 그러다가 직무상의 관계가 끝나면 다른 모든 관계도 끝난다. 이반 일리치는 이처럼 공적인 측면과 자신의 사생활을 뒤섞지 않고 분리해내는 능력이 뛰어났는데, 오랜 경험과 재능을 통해 마치 예술 분야의 거장처럼 가끔은 인간적 관계와 공적 관계를 장난치듯 뒤섞어버릴 수도 있는 경지에 이르렀다. 그가 이런 여유를 부릴 수 있었던 것은, 필요하다면 언제든 다시 공적인 것을 분리해내고 인간적인 것을 떼어낼 수 있다는 자신감이 있었기 때문이었다.

이반 일리치의 업무 처리 방식은 쉽고 유쾌하고 우아했을 뿐만 아니라 심지어 예술적이기까지 했다. 휴식 시간이면 담배를 피우고 차를 마시며 정치나 보편적인 주제, 카드 게임 등에 관해 약간씩 이야기를 나누었는데 가장 큰 관심사는 인사이동에 관한 것이었다. 그런 후에 몸은 피곤하지만 자신의 파트를 뛰어나게 연주한 오케스트라 제1바이올린 연주자 중 한 사람처럼 거장이 된 기분으로 집에 돌아오곤 했다. 집에서는 아내와 딸이 어딘가로 외출해 있거나 혹은 손님을 맞이하고 있었다. 중학교에서 돌아온 아들은 가정교사와 숙제를 하고 있거나 학교에서 배운 것을 열심히 공부하고 있었다. 모든 것이 잘 되어 가고 있었다. 저녁 식사 후에 손님이 없을 때면 가끔은 사람들 입에 오르내리는 책을 읽곤 했다. 늦은 저녁 시간이 되면 업무에 착수해 서류를 읽어보고 법조문을 들춰보고 증언들을 비교해보면서 적용할 수 있는 법조항을 검토했다. 그에게 이런 일은 지루하지는 않았지만 그렇다고 딱히 즐겁지도 않았다. 빈트 게임을 할 수 있을 때 일을 해야 한다면 지겨웠지만, 빈트 게임을 할 수 없다면 아내와 둘이 앉아 있는 것보다는 차라리 일을 하는 것이 더 나았다. 하지만 이반 일리치가 가장 즐겼던 것은 사교계에서 명망이 있는 신사 숙녀들을 초대해 조촐한 만찬을 열고, 그의 응접실이 다른 모든 이들의 응접실과 비슷하듯이, 그가 시간을 보내는 방식 역시 그들이 평소에 시간을 보내는 방식과 비슷하다는 것을 보며 만족감을 느끼는 것이었다.

한 번은 그의 집에서 파티가 열려 춤을 추기까지 했다. 모든 것이 다 괜찮았고 이반 일리치의 기분도 좋았지만, 케이크와 사탕 문제로 인해 아내와 크게 다투고 말았다. 쁘라스꼬비야 표도로브나에게는 자기 나름의 계획이 있었는데 이반 일리치가 모든 걸 비싼 과자점에서 사야 한다고 고집을 부리더니 케이크를 잔뜩 사들였던 것이다. 결국 케이크가 남고 45루블의 제과점 청구서가 오자 말다툼이 벌어졌다. 말다툼이 격해지고 분위기가 험악해지자 쁘라스꼬비야 표도로브나는 남편을 '멍청이, 꽁생원'이라고 부르며 몰아댔다. 이반 일리치는 머리를 움켜잡으며 마음속으로 '이

혼'과 비슷한 단어를 떠올렸다. 하지만 파티 자체는 즐거웠다. 최상류층 사람들이 온 데다 이반 일리치는 〈그대여, 내 슬픔을 가져가주오〉라는 단체의 설립자로 유명한 사람의 여동생인 뜨루포노바 공작부인과 춤까지 추었다. 공무를 수행하면서 느끼는 기쁨은 자존심의 충족으로 인한 기쁨이었고, 사교 생활에서 오는 기쁨은 허영심의 충족으로 인한 기쁨이었다.

하지만 이반 일리치의 진정한 기쁨은 빈트 게임에서 왔다. 어떤 일을 겪었다 해도, 살면서 아무리 불쾌한 일을 겪었다 해도, 그에게는 다른 모든 것들 앞에서 마치 촛불처럼 타오르는 기쁨이 있었으니 그것은 바로 투덜대지 않는 좋은 상대자들과 마주 앉아 빈트 게임을 하는 것이었다. 반드시 네 명이 모여 앉아(다섯 명이 해도 괜찮은 척 말하는 사람들도 사실 자기가 빠져야 할 때면 기분이 상하기 마련이다) 머리를 써가며 신중하게(패가 잘 걸릴 때) 게임을 한 후에 저녁을 먹으며 와인 한 잔을 하는 것이 진정한 기쁨이라는 점을 그는 시인했다. 게임이 끝나고 잠자리에 누우면, 특히 돈을 조금 딴 날은(많이 따면 마음이 불편했다), 기분이

참 좋았다.

그들은 이렇게 살아갔다. 그들은 최상류층 사람들과 어울렸으며 그들의 집에는 주요 인사들과 젊은이들이 드나들었다.

주변의 지인들을 바라보는 시각에 있어서는 남편과 아내와 딸이 완벽하게 일치했다. 그래서 그들은 서로 미리 입을 맞추지 않더라도 하나같이, 일본제 접시들로 벽을 장식한 응접실에 몰려와 친한 척하는 구질구질한 친구들과 친척들을 죄다 밀어내고 멀리했다. 얼마 지나지 않아 이 구질구질한 친구들은 발길을 끊었고 골로빈 집에는 최상류층 사람들만 드나들게 되었다. 젊은이들은 리자에게 관심을 보이며 접근했는데, 그 중에는 드미뜨리 이바노비치 뻬뜨리셰프의 아들이자 그의 유일한 상속자인 예심 판사 뻬뜨리셰프도 있었다. 그래서 이 문제를 두고 이반 일리치와 쁘라스꼬비야 표도로브나는 두 사람이 삼두마차를 타고 놀러 가도록 해주어야 할지 아니면 대놓고 밀어주어야 할지 의논을 했다. 그들은 이렇게 살아갔다. 모든 것이 변화 없이 흘러갔고, 모든 것이 아주 훌륭했다.

〈4〉

가족은 모두 건강했다. 이반 일리치가 가끔 입 안에 이상한 맛이 느껴지고 왼쪽 옆구리가 불편하다고 말하기는 했으나 그걸 가지고 질병이라고는 부를 수는 없었다.

그런데 이 거북한 느낌이 점점 심해지더니, 딱히 통증이라고는 할 수 없어도 옆구리가 묵직한 느낌이 계속되었기에 기분도 불쾌해졌다. 그의 기분이 점점 더 불쾌해짐에 따라 골로빈 가족 사이에 자리 잡은 화목하고 경쾌하며 품위 있는 삶의 모습도 망가지기 시작했다. 부부간에 다투는 일이 잦아지자 경쾌하고 화목한 분위기는 이내 사라지고 품위만 간신히 유지하는 형편이 되었다. 예전과 같은 장면들이 다시 반복되기 시작했다. 남편과 아내가 폭발하지 않고 만날 수 있는 작은 섬들이 예전처럼 남아 있었지만, 그 수는 아주 적었다.

그랬기에 쁘라스꼬비야 표도로브나가 남편은 까다로운 사람이라고 말하는 것도 이제는 근거 없는 말은 아니게 되었다. 원래부터 과장하는 버릇이 있는 그녀

는 남편은 항상 그런 끔찍한 성격이기에 그걸 20년간
이나 견뎌내려면 자신과 같은 선량한 성격이 필요했
다고 말했다. 이제 말다툼은 이반 일리치로부터 시작
되는 것이 사실이었다. 그는 꼭 식사를 시작하기 직
전, 혹은 수프를 먹으면서 식사를 막 시작할 때부터
종종 트집을 잡곤 했다. 그릇에 이가 빠졌다, 음식이
왜 이런가, 아들이 팔꿈치를 식탁에 올려놓고 먹고 있
다, 딸의 머리 모양이 이상하다 등등 온갖 것을 지적
했다. 그러면서 이 모든 것을 쁘라스꼬비야 표도로브
나 탓으로 돌렸다. 처음에는 쁘라스꼬비야 표도로브
나도 맞받아치며 험한 말을 했지만, 그가 식사를 시작
하면서 두어 번 미친 듯이 화를 내자 그것이 음식 섭
취 시 발생하는 남편의 병적인 증세라는 것을 깨닫고
는 꾹 참기 시작했으며 그의 말에 토를 달지 않고 서
둘러 식사를 끝내곤 했다. 이렇게 인내심을 발휘한 것
을 쁘라스꼬비야 표도로브나는 자신의 대단한 공적
으로 여겼다.

　남편이 끔찍한 성격이고 그로 인해 자신의 삶이 불
행해졌다고 결론을 내리자 그녀는 자신이 불쌍해졌

다. 자신이 더 불쌍하게 느껴질수록 남편에 대한 미움도 그만큼 더 커져갔다. 남편이 죽었으면 하고 바라게도 되었지만, 실제로 그렇게 되기를 바랄 수는 없었다. 그렇게 되면 남편의 봉급도 없어질 것이기 때문이었다. 그러다보니 남편에 대한 분노가 더욱 커졌다. 남편이 죽는다고 해도 자신이 구원받을 수 있는 것은 아니라고 생각하니 자신의 신세가 끔찍하도록 불행하게 느껴졌다. 분노하고 또 그것을 감추는 과정이 연속되자, 이처럼 분노를 감추는 그녀의 모습이 오히려 남편의 분노를 부채질했다.

어느 날 유난히 억지를 부리며 한바탕 싸움을 벌인 뒤 이반 일리치가 자신이 짜증을 낸 건 맞지만 그건 사실 몸이 아파서라고 털어놓자, 아내는 몸이 아프면 치료를 받아야 한다며 어떤 저명한 의사에게 가보라고 말했다.

그는 의사를 찾아갔다. 모든 게 그가 예상했던 대로였다. 병원이라면 늘 벌어지는 일들이 거기서도 벌어지고 있었다. 순서를 기다리는 것도 그러했고, 자기 자신도 법정에서 늘 짓는 표정이기에 익숙해 있는, 의사의 짐짓 근엄한 표정 역시 그러했다. 몸 이곳저곳을 툭툭 쳐보는 것, 청진기를 대고 들어보는 것, 의사 스스로 미리 결론을 내려놓았기에 답이 필요하지도 않을 질문들을 던지는 것 역시 그러했다. "우리에게 맡기세요. 우리가 다 알아서 합니다. 우리는 어떻게 해야 할지 확실하게 알고 있으며, 언제든 누구에게든 똑같은 방식으로 합니다."라고 말하는 듯한 의사의 진지한 표정 역시 그러했다. 이 모든 것이 법정에서와 똑같았다. 이반 일리치가 법정에서 피고를 대할 때 짐짓 취하던 태도를 그곳의 저명한 의사 또한 그에게 취하고 있었다.

의사는 말은 〈이러저러한 증상이 있다는 것은 당신의 몸속에 이러저러한 것이 있다는 것을 의미합니다. 하지만 이러저러한 검사를 통해서도 그 점이 확인되지 않는다면 당신에게는 이러저러한 병이 있을 수 있다고도 예상해봐야 합니다. 그런데 만일 이러저러한 병으로 예상해본다면 그때는, 그러니까…〉 기타 등등이었다. 이반 일리치에게 중요했던 것은 단 하나, 자신의 상태가 심각한지 아닌지에 대한 대답이었다. 하지만 의사는 그러한 질문을 부적절한 것으로 여기며 무시했다. 의사의 입장에서 본다면 그러한 질문은 쓸데없으며 논의할 가치도 없는 것이었다. 의사에게 중요했던 것은 그것이 신장이 밑으로 처지는 신하수증이냐, 만성 대장염이냐, 맹장염이냐의 가능성을 두고 저울질해보는 것이었다. 그는 이반 일리치의 생명에 관해서는 관심이 없었고 신하수증과 맹장염 중에서 결정하는 문제에만 매달렸다. 그러다가 의사는 이반 일리치의 눈앞에서 맹장염 쪽으로 멋지게 결론을 내리면서 만일 소변검사에서 다른 증거가 나오면 그때는 이 문제를 다시 검토해봐야 한다는 조건을 달았다. 이 모든 것이 이반 일리치 자신이 피고인들 앞에서 수천 번이나 써먹었던 방식과 정확히 똑같았다. 여기서도 의사는 안경을 살짝 내리고는 의기양양하고도 심지어 신나는 눈길로 자신의 피고를 쳐다본 뒤 멋들어지게 간략한 설명을 했다. 그 설명을 들은 뒤 이반 일리치는 자신의 상태가 좋지 않으며, 그것은 자신에게만 가슴 아픈 일일 뿐 이 의사나 아마도 다른 모든 이들에게는 아무 관심 사항도 아니라는 결론을 내렸다. 이렇게 결론을 내리고 나니 고통스러운 충격이 오면서, 자신을 향한 깊은 연민과 함께 이처럼 중요한 문제에 대해 무관심한 태도를 보이는 의사를 향해 격렬한 증오가 끓어올랐다.

하지만 이반 일리치는 아무 말도 하지 않고 자리에서 일어나 탁자 위에 진료비를 내려놓았다. 그러고는 한숨을 내쉬며 말했다.

"아마도 저와 같은 환자들이 당신에게 적절치 않은 질문을 자주 하겠지요." 그가 말했다. "하지만 대략적으로라도 말씀해주세요. 이건 위험한 병입니까, 아닙니까?"

의사는 비스듬한 자세로 안경 너머 준엄하게 그를 쳐다보았다. 그 눈길은 '피고, 당신이 허용되는 범위 외의 질문을 계속 한다면 나는 당신을 법정 밖으로 끌어내라는 명령을 내릴 수밖에 없습니다.'라고 말하는 듯했다.

"필요하며 적절하다고 생각되는 사항은 이미 말씀드렸습니다." 의사가 말했다. "더 자세한 건 검사 결과가 나와 봐야 알 수 있습니다."

이렇게 말한 후 의사는 고개를 숙여 인사했다.

이반 일리치는 천천히 병원을 나와 우울한 마음으로 마차에 올라탄 후 집으로 출발했다. 집으로 오는 내내 그는 의사가 한 말들을 끊임없이 곱씹어보며 그 모든 복잡하고도 불분명한 의학 용어들을 쉬운 말로 바꿔보려 애썼다. '상태가 좋지 않다는 건데, 아주 안 좋다는 건가, 아니면 아직은 괜찮다는 건가?'에 대한 대답을 알아내려고 했던 것이다. 결국, 의사가 한 모든 말은 상태가 아주 심각하다는 뜻인 것처럼 느껴졌다. 거리의 모든 것이 슬퍼 보였다. 마부들도, 건물들도, 행인들도, 상점들도 모두 슬퍼 보였다. 잠시도 쉬지 않고 그를 괴롭히는 정체불명의 통증은 의사의 불분명한 말들과 합쳐져 이전과는 다른 더 심각한 의미로 다가왔다. 이반 일리치는 새삼 마음이 무거워진 상태에서 통증에 신경을 곤두세웠다.

그는 집에 돌아와 아내에게 병원에서 있었던 일을 얘기해주기 시작했다. 아내가 귀를 기울여 듣던 중에 모자를 쓴 딸이 들어왔다. 엄마와 딸은 외출할 참이었던 것이다. 딸은 마지못해 잠시 곁에 앉아 그 지루한 얘기를 듣기 시작했으나 오래 견디지는 못했고, 아내 또한 끝까지 들어주지는 못했다.

"뭐, 어쨌든 마음이 놓이네요." 아내가 말했다. "그러니까 이제부터 꼬박꼬박 약을 챙겨먹도록 해요. 처방전 이리 줘 봐요, 게라심을 약국에 보낼 테니." 그녀는 옷을 갈아입으러 갔다.

그는 아내가 방에 있는 동안은 숨도 제대로 못 쉬다가 그녀가 나가고 나서야 힘겹게 숨을 내쉬었다.

"그래, 어쩌면 아직은 별 문제 없는지도 모르지…." 그가 중얼거렸다.

그는 약을 먹으며 의사의 지시 사항을 이행하기 시작했는데, 그 지시 사항은 소변 검사 결과에 의해 달라졌다. 그런데 바로 이 시점에서 검사 결과와 그 결과에 상응해서 나타나야 할 증상이 일치하지 않는 혼란스러운 상황이 발생했다. 의사에게 책임을 묻기는 힘들었지만, 어쨌든 의사가 말한 것과 실제 나타난 증상이 달랐던 것이다. 의사가 무언가를 빠뜨렸거나, 거짓말을 했거나, 아니면 무언가를 숨기고 있는 것 같았다.

그렇지만 이반 일리치는 의사의 지시 사항을 정확

히 따랐고, 그렇게 함으로써 처음 얼마 동안은 마음의 위안을 얻었다.

의사를 만나고 온 뒤로는 위생과 약 복용에 관한 지시 사항을 철저히 지키고 통증과 몸 속 장기의 작동에 신경을 쓰는 것이 그의 주요 일과가 되었다. 또한 인간의 질병과 건강이 그의 주요 관심사가 되었다. 그가 있는 데서 환자들이나 사망자들, 병에서 회복된 사람들, 특히나 자신의 질병과 비슷한 병에 대한 이야기라도 나오면 그는 흥분을 감추려고 애쓰며 그 이야기에 귀를 기울였고 한편으로는 이것저것 캐물으면서 거기서 들은 대답을 자신의 병에 적용시켜 보았다.

통증은 줄어들지 않았다. 하지만 이반 일리치는 자신이 나아지고 있다고 믿으려 무척 노력했다. 마음에 동요가 없을 때는 자신을 속일 수 있었다. 하지만 아내와의 사이에서 불쾌한 일이 생기거나, 직장 업무에 문제가 생기거나, 카드 게임에서 나쁜 패가 들어오기라도 하면 그는 곧바로 병의 힘을 온몸으로 느꼈다. 예전에는 어려운 일이 발생했을 때 그것을 바로잡으려고 분투하다 보면 카드 게임에서 크게 이기듯 성공을 거두리라 기대하면서 그 어려움을 견뎌내곤 했다. 하지만 이제는 조금만 어려운 일이 생겨도 몸에 힘이 빠지며 낙담하곤 했다. 그럴 때면 그는 "이제 막 몸도 회복되고 약효도 나타나는가 싶었는데 이런 빌어먹을 불쾌한 일이 또 생기다니…."라고 혼잣말을 했다. 그는 불행을 향해, 그리고 그를 불쾌하게 만들고 숨 막히게 만드는 사람들을 향해 분노를 터뜨렸다. 그는 이러한 분노가 자신을 죽음으로 몰아간다는 사실을 알고 있었지만 그래도 그 분노를 억제할 수가 없었다. 상황과 사람들을 향한 분노가 자신의 병을 악화시키므로 불쾌한 일이 생겨도 신경을 쓰지 말아야 한다는 사실을 분명하게 알고 있었음에도 불구하고, 그는 자신이 알고 있는 것과 정반대로 행동했다. 자신에게는 안정이 필요하다고 말은 하면서도 그런 안정을 깨뜨릴 수 있는 모든 것에 신경을 곤두세우고 있다가 실제로 그런 일이 생기면 벌컥 화를 냈다. 의학 책들을 읽고 의사들을 찾아다니는 것이 오히려 그의 상태를 악화시키고 있었다. 상태가 아주 서서히 나빠지고 있었기 때문에 어제와 오늘을 비교해보면 거의 차이가 없었고, 그래서 그는 자신을 속일 수 있었다. 하지만 의사들을 만나 상담하다보면 자신의 병세가 매우 빠르게 악화되고 있는 것 같다는 느낌이 들었다. 그럼에도 불구하고 그는 계속해서 이 의사 저 의사를 찾아다녔다.

이번 달에도 이반 일리치는 또 다른 저명한 의사를 찾아갔다. 이 의사는 첫 번째 의사와 거의 같은 말을 하면서도 문제를 다른 관점에서 논했다. 이 의사와의 상담은 이반 일리치의 의심과 두려움을 더욱 커지게 만들었을 뿐이었다. 그런데 이 의사의 친구의 친구로서 아주 훌륭하다는 다른 의사는 이반 일리치의 병을 전혀 다르게 진단했다. 그는 완치될 수 있다고 약속하긴 했지만 이러저러한 질문들과 추측들을 늘어놓는 바람에 이반 일리치의 혼란과 의혹을 가중시켰다. 동종요법 의사 역시 병을 또 다르게 진단하면서 약을 처방해주었고 이반 일리치는 그 약을 남모르게 1주일 동안 복용했다. 하지만 1주일이 지나서도 차도가 느껴지지 않자 예전 치료에 대해서든 이번 치료에 대해서든 믿음을 상실하면서 기분이 더욱 우울해졌다.

한번은 알고 지내던 부인이 성화(聖畫)를 이용한 치료법에 대해 이야기해주었다. 이반 일리치는 자신이 그 이야기를 주의 깊게 들으며 사실로 받아들이고 있다는 것을 문득 깨닫고는 스스로 깜짝 놀랐다. "내 정신 상태가 정말 이토록 약해졌다는 말인가?" 그는 혼잣말을 했다. "이건 쓸데없는 소리야! 다 허튼 소리란 말이지. 자꾸 의심해서는 안 돼. 의사를 한 사람 정해놓고 그의 치료법만 엄격하게 따라야 해. 정말 그렇게 할 거야. 이제 됐어. 여러 생각 말고 여름까진 치료법을 엄격하게 이행하자. 그러면 뭔가 효과가 나타날 거야. 갈팡질팡은 여기서 끝내는 거야!…"

하지만 말은 쉽게 했어도 실천은 불가능했다. 옆구리 통증은 강도가 더해가며 그를 괴롭혔고 점차 만성이 되어갔다. 입 안에서는 점점 더 이상한 맛이 느껴지며 악취까지 풍겨 나오는 것 같았다. 식욕도 떨어지고 기력도 쇠잔해졌다. 이제는 더 이상 자신을 속일 수가 없었다. 무언가 무섭고도 낯선 일이, 이반 일리치가 지금껏 살아오면서 단 한 번도 경험해보지 못한 심각한 일이 그의 몸속에서 일어나고 있었다. 그 혼자만이 이 사실을 알고 있었을 뿐, 주위의 그 누구도 이 사실을 이해하지 못했고 이해하려고 들지도 않았다. 그들은 세상의 모든 것이 이전처럼 흘러가고 있다고 생각했다. 다른 무엇보다도 이점이 그를 괴롭게 만들었다. 집안사람들, 특히 한창 사교계에 출입하던 아내와 딸 역시 아무 것도 이해를 못했을 뿐더러 그가 침울해하고 까다롭게 구는 것이 모두 그 자신의 잘못인 것처럼 화를 냈다. 그들이 아무리 아닌 척을 하려 해도 그가 그들에게 방해물이 되고 있다는 점, 그리고 아내가 그의 병에 대해 일정한 태도를 정해놓고는 그가 무슨 말을 하든 어떤 행동을 하든 그 태도를 밀고 나간다는 점이 그의 눈에는 보였다. 그 태도란 다음과 같은 것이었다.

한번은 그녀가 지인들이 있는 자리에서 이렇게 말했다.

"그러니까 말이지요, 마음 약한 사람들이 으레 그렇듯이 이반 일리치도 의사의 지시 사항들을 엄격하게 지키지 않아요. 하루는 지시받은 대로 약을 먹고 식사도 하고 제 시간에 잠자리에 들기도 하지만, 다음 날에는 내가 한눈이라도 팔라치면 약 먹는 것도 잊어버리고 금지된 철갑상어까지 먹는답니다. 게다가 밤한 시까지 자지 않고 빈트 게임을 하기도 해요."

"아니, 내가 대체 언제 그랬단 말이오? 뾰뜨르 이바노비치 집에 가서 딱 한 번 그랬을 뿐인데." 이반 일리치가 화를 내며 말했다.

"어제는 셰벡 씨 집에서 했잖아요."

"어차피 통증 때문에 잠을 잘 수도 없었다고…."

"이유야 어쨌건 간에, 계속 그런 식으로 하면 당신은 절대 나을 수 없을 것이고 우리만 괴롭히게 될 거예요."

남편의 병에 대해 쁘라스꼬비야 표도로브나가 남편 자신은 물론 다른 사람들에게도 외적으로 드러내 보인 이러한 태도는, 병에 걸린 건 남편 자신의 탓이며 이 병으로 인해 남편은 아내인 자신을 또 불행하게 만든다는 것이었다. 이반 일리치는 아내의 이런 태도가 그저 무심코 나오는 것이라고 생각했지만, 그렇다고 해서 그의 마음이 가벼워지지는 않았다.

법원에서도 이반 일리치는 자신을 대하는 사람들

의 태도가 이상하다는 것을 눈치챘다. 아니, 눈치챘다고 스스로 생각했다. 어떤 때는 곧 자리를 비울 사람을 대하듯 주의 깊게 그를 살피는 것 같다가도, 또 갑자기 어떤 때는 병 때문에 너무 소심해진 게 아니냐며 친근한 척 놀리기도 했다. 이러한 행동은, 들어본 적도 없는 끔찍하고도 무시무시한 무언가가 그의 몸속에 자리를 잡고 끊임없이 그를 빨아들이며 사정없이 어디론가 끌고 가고 있는데도 그것이 마치 매우 흥미로운 농담거리라도 되는 것처럼 여기는 행동이었다. 특히 자신의 10년 전 모습을 상기시키는 쉬바르쯔의 장난기 넘치고 생기발랄하며 우아한 모습은 이반 일리치를 더욱 화나게 만들었다.

친구들이 카드놀이를 하기 위해 그의 집에 와서 둘러앉았을 때의 일이다. 패가 돌아가자 다들 새 카드를 구부려 길을 들이고 다이아몬드는 다이아몬드끼리 모았는데, 모두 일곱 장이었다. 같은 편이 된 파트너가 자신은 으뜸패 없이 하겠다며 이반 일리치에게 다이아몬드 두 장을 주었다. 뭘 더 바라겠는가? 당연히 신이 나고 활기가 넘쳐야 했다. 승리는 따 놓은 당상이니까. 그런데 별안간 이반 일리치는 자신을 빨아들이는 듯한 통증과 입 안의 이상한 맛을 느꼈다. 그런 상황에서 자신이 카드 게임 승리를 기뻐할 수 있다는 건 왠지 기괴하다고 느껴졌다.

이반 일리치는 자기 편인 미하일 미하일로비치를 쳐다보았다. 그는 힘센 손으로 탁자를 두드리고는, 자신이 이길 수 있는 패를 잡지 않은 채 예의 바르고도 한편으로는 관대한 척하는 태도로 이반 일리치에게 그 패를 밀어주었다. 이반 일리치가 멀리까지 팔을 뻗는 수고를 하지 않고도 카드를 집어 드는 만족감을 느끼도록 하기 위해서였다.

'이 친구가 왜 이러지, 내가 팔 뻗을 힘도 없을 정도로 약해졌다고 생각하는 건가?' 이반 일리치는 이런 생각을 하다가 으뜸패들의 순서를 깜박 잊는 바람에 자기 쪽 으뜸패를 쓸데없이 하나 더 내놓았고 이로 인해 결국 3점 차이로 지고 말았다. 그런데 무엇보다도 더 끔찍했던 것은, 자기 쪽 파트너인 미하일 미하일로비치가 속상해 하는 것을 보고도 정작 자신은 아무렇지도 않았다는 점이다. 그리고 자신이 왜 아무렇지도 않은지 생각해보는 건 더 끔찍했다.

이반 일리치가 힘들어하는 모습을 보자 모두들 그에게 말했다. "피곤하다면 그만합시다. 좀 쉬어요." 쉬라고? 아니, 그는 전혀 피곤하지 않았다. 그래서 그들은 결국 세 판 승부를 끝까지 마쳤다. 다들 어두운 표정으로 아무 말이 없었다. 이반 일리치는 자기 때문에 분위기가 이렇게 가라앉았다고 느꼈지만 그 분위기를 바꾸지는 못했다. 동료들은 저녁 식사를 하고 흩어져 집으로 돌아갔지만, 혼자 남은 이반 일리치는 자신의 삶에 스며든 독이 다른 사람들의 삶으로도 퍼져나가고 있으며 이 독은 약해지기는커녕 그의 존재 전체로 침투해 들어오고 있다는 사실을 자각했다.

그날 밤 이반 일리치는 이런 생각에다 육체적 고통과 공포까지 느끼며 잠자리에 들어야 했다. 통증 때문에 잠을 거의 못 자는 밤도 많았다. 그러다가도 다음 날 아침이 되면 다시 자리에서 일어나 옷을 입고 법원에 출근한 다음에 말을 하고 서류를 작성해야 했다. 출근을 하지 않는 날이면 집에 남아 24시간 내내 끊임없이 고통에 시달려야 했다. 그는 자신을 이해하거나

불쌍히 여겨주는 사람 하나 없이 그렇게 파멸의 끝자
락에 서서 홀로 살아가야 했다.

〈5〉

그렇게 한 달, 또 한 달이 흘러갔다. 새해를 앞두고
처남이 이반 일리치가 사는 도시에 왔다가 그의 집에
서 머물게 되었다. 이반 일리치는 법원에 출근해 있었
고 쁘라스꼬비야 표도로브나는 장을 보러 나가고 집
에 없었다. 이반 일리치가 집에 돌아와 서재로 들어가
보니 건강하고 생기 넘치는 처남이 여행 가방을 풀고
있는 것이 보였다. 이반 일리치의 발걸음 소리를 듣고
고개를 든 처남은 잠시 아무 말 못하고 그를 쳐다보
기만 했다. 그 눈길이 이반 일리치에게 모든 것을 말
해주었다. 처남은 "앗" 소리를 낼 듯이 입을 벌렸으나
자신을 억제했다. 그 행동이 모든 것을 확인해주었다.
  "왜, 내가 달라졌나?"
  "네…. 달라지셨네요."
  이반 일리치는 자신의 외모에 대한 이야기를 이어

가려 했지만 처남은 입을 다물었다. 쁘라스꼬비야 표도로브나가 돌아오자 처남은 누나에게로 갔다. 이반 일리치는 서재의 문을 걸어 잠그고 거울 속 자신의 모습을 살피기 시작했다. 처음에는 앞모습을 그 다음엔 옆모습을 살펴보았다. 그는 아내와 자신이 함께 그려져 있는 초상화를 가져다가 그것을 거울 속 자신의 모습과 비교해보았다. 엄청난 변화가 있었다. 그는 소매를 팔꿈치까지 걷어 올리고 두 팔을 살펴본 다음에 소매를 내리고 소파에 앉았다. 얼굴빛이 밤중보다 더 어두워졌다.

"안 돼, 이러면 안 돼."

그는 혼잣말을 하더니 몸을 벌떡 일으켜 탁자 쪽으로 다가가 서류를 펼치고 읽기 시작했다. 하지만 읽히지가 않았다. 그는 걸어 잠갔던 서재의 문을 열고 홀로 나갔다. 응접실로 통하는 문이 닫혀 있었다. 그는 발끝으로 살금살금 다가가 아내와 처남의 목소리를 엿듣기 시작했다.

"아니야, 그건 네가 과장하는 거야." 쁘라스꼬비야 표도로브나가 말했다.

"과장이라고? 누나 눈에는 안 보여? 매형은 죽은 사람 같아. 눈을 좀 보라고. 생기가 없잖아. 대체 무슨 병인 거야?"

"아무도 몰라. 니꼴라예프 씨(또 다른 의사였던 사람)가 뭐라고 하긴 했는데, 난 무슨 말인지 모르겠어. 그런데 레셰찌쯔끼 씨(저명한 의사인 사람)는 정반대로 얘기하더라고…."

이반 일리치는 몸을 돌려 자기 방으로 간 후에 자리에 누워서 생각에 잠겼다. '신장, 신하수증.' 그는 신장이 제자리에서 이탈해 왔다 갔다 한다는 의사들의 말을 하나하나 상기해보았다. 그러고는 상상력을 동원해 신장을 잡아 멈춘 다음에 제자리에 고정시키려 노력해보았다. 별로 어려운 일은 아닌 것 같았다.

'안 되겠군. 뾰뜨르 이바노비치(이반 일리치의 동료로서 의사 친구를 두고 있는 사람)에게 다시 가봐야겠어.'

그는 벨을 눌러 말을 준비하라 지시하고는 나갈 채비를 했다.

"쟝5), 어디 가려고요?" 유난히 슬프고도 평소와는 다른 다정한 얼굴 표정으로 아내가 물어보았다.

평소와는 다른 다정한 태도에 그는 짜증이 확 났다.

"뾰뜨르 이바노비치에게 가봐야겠어."

이반 일리치는 의사 친구를 둔 동료의 집으로 출발했다. 그리고 그와 함께 의사를 찾아가 오랫동안 얘기를 나누었다.

자신의 몸속에서 일어나고 있는 일에 대해 의사의 소견에 의거하여 해부학적, 생리학적 관점에서 자세하게 살펴보면서 이반 일리치는 모든 걸 이해할 수 있었다. 맹장에 문제가, 조그만 문제가 있었다. 얼마든지 치료될 수 있는 문제였다. 한 기관의 에너지를 강화하고 다른 기관의 활동을 약화시키면 흡수작용이 일어나면서 모든 게 정상으로 회복된다는 것이었다. 그는 식사 시간이 조금 지나서 집으로 돌아왔다. 식사를 하고 즐겁게 이야기를 하다 보니, 일을 하러 가는 데 오랜 시간이 걸렸다. 그러다가 마침내 서재로 가서 곧바로 업무에 착수했다. 하지만 서류를 읽고 업무를 보는 동안에도, 업무가 끝나면 하려고 미뤄둔 중요하고도

---

5) '이반'의 프랑스식 이름.

절실한 일이 있다는 생각이 머리를 맴돌았다. 업무를 마치고 난 후 그는 이 절실한 일이 맹장에 대해 생각해보는 것이었음을 깨달았다. 그러나 그는 이 생각을 일단 접어두고 차를 마시러 응접실로 갔다. 손님들이 이야기도 하고 피아노도 치고 노래도 부르고 있었다. 딸의 남편감으로 바라고 있던 예심 판사도 있었다. 그 날 저녁 이반 일리치는 쁘라스꼬비야 표도로브나의 표현에 의하면 누구보다도 즐겁게 시간을 보냈지만, 맹장에 관해 생각해보는 절실한 일을 미뤄두고 있다는 생각은 잠시도 그의 머리를 떠나지 않았다.

그는 열한 시에 손님들과 헤어져 자기 방으로 갔다. 몸이 아프기 시작한 이후 그는 서재에 딸린 조그만 방에서 혼자 잠을 잤다. 그는 방으로 들어가 옷을 벗고 에밀 졸라의 소설책 한 권을 손에 잡았으나, 책은 읽지 않고 생각에 잠겼다. 바라던 맹장 치료가 그의 상상 속에서 진행되었다. 무언가를 흡수하고 무언가를 버리는 과정을 거쳐 정상적인 기능이 복원되어갔다. 그는 혼잣말을 했다. "그래, 바로 이거야! 자연스러운 치유가 될 수 있도록 돕기만 하면 되는 거야."

그때 약을 잊은 게 생각나서 몸을 약간 일으켜 약을 먹고는 다시 자리에 누웠다. 그 다음에는 약효가 어떻게 작용하는지, 통증을 어떻게 없애주는지에 정신을 집중했다. '규칙적으로 약을 먹고 몸에 해로운 것을 피하면 되는 거야. 벌써 몸이 좀 좋아진 것 같아, 아니, 훨씬 좋아졌어.' 그는 옆구리를 더듬어 만져보았다. 살짝 눌러봐도 아프지 않았다. '그래, 아무 느낌 없잖아. 맞아, 벌써 훨씬 좋아진 거야.' 그는 촛불을 끄고 옆으로 누웠다…. 맹장이 회복되면서 흡수작용을 하고 있었다.

그때 이제는 오래되어 익숙해진 통증, 묵직하면서도 쿡쿡 찌르는 통증, 조용하면서도 집요하게 존재해온 그 심각한 통증이 갑자기 느껴졌다. 입 안에서는 이미 익숙해진 역겨운 맛이 느껴졌다. 심장이 조여들고 머릿속이 아득해졌다.

"맙소사, 맙소사!" 그는 중얼거렸다. "또, 또다시 시작이구나. 절대 멈추지 않는단 말이야."

그러자 문제가 완전히 다른 관점에서 비춰졌다. 그는 생각했다.

'맹장? 신장? 문제는 맹장도 신장도 아니야. 이건 삶과… 죽음의 문제야. 그래, 생명이라는 게 존재해 있다가 이제는 떠나가고 있어, 떠나가고 있단 말이야. 난 그걸 막을 수가 없는 것이고. 맞아. 무엇 때문에 내 자신을 속여야 하지? 내가 죽어가고 있다는 걸 나만 빼곤 모두가 분명히 알고 있는 데 말이야. 이제는 남은 시간이 몇 주냐 며칠이냐, 그것만이 문제야. 지금 당장일 수도 있어. 한때는 빛이 있었지만 지금은 어둠뿐이야. 한때는 나도 이곳에 있었지만 이제는 저곳으로 가게 될 거야! 어디로 말인가?'

온몸이 오싹해지고 숨이 멈출 것 같았다. 심장이 쿵쾅거리는 소리만이 들렸다.

'내가 없어지게 되면 그 자리엔 무엇이 있게 되는 걸까? 아무 것도 없게 되겠지. 내가 없어지게 되면 나는 대체 어디에 있게 되는 걸까? 내가 정말 죽는 걸까? 안 돼, 죽고 싶지 않아.'

그는 벌떡 일어나 촛불을 켜려고 떨리는 손으로 더듬다가 초와 촛대를 바닥에 넘어뜨리고 말았다. 그는 다시 베개 위로 벌렁 드러누웠다.

'뭐 하러 불을 켜? 달라질 건 아무 것도 없어.' 그는 두 눈을 크게 뜨고 어둠 속을 응시하며 생각했다.

'죽음. 그래, 죽음이야. 저들은 아무도 몰라. 알려고 하지도 않고 나를 동정하지도 않아, 저렇게 즐기고만 있지(문 너머로부터 깔깔거리는 소리와 반주 소리가 희미하게 들려왔다). 지금 저들은 나의 죽음에 관심이 없지만, 저들도 역시 죽게 되어 있어. 멍청이들. 내가 먼저 가고 저들은 늦게 올 뿐, 죽는 건 저들도 마찬가지야. 그런데도 즐거운 모양이구나. 짐승 같은 것들!'

증오로 인해 숨이 막혀왔다. 참을 수 없을 만큼 괴롭고 힘들어졌다. 모든 사람이 이처럼 끔찍한 공포를 겪어야 하는 운명이라는 게 믿기지가 않았다. 그는 몸을 일으켰다.

'뭔가 잘못 됐어. 진정하고 모든 걸 처음부터 다시 살펴봐야 해.' 그는 꼼꼼하게 되짚어보기 시작했다. '그래, 병의 시작부터 생각해보자. 옆구리를 부딪쳤지만 아무렇지 않았어. 그 날도, 그 다음 날도 말이야. 그러다가 조금 문제가 생기더니 더 심해졌지. 그래서 의사들을 찾아다녔고, 마음이 우울해지고 슬퍼지자 또 다른 의사들을 찾아다니게 되었던 거야. 그렇게 난 낭떠러지로 점점 더 가까이 다가가고 있었지. 몸에 힘은 빠져나가고 낭떠러지는 점점 더 다가왔어. 이제 난 이렇게 쇠약해지고 눈에는 광채도 사라졌어. 이제 남은 건 죽음인데 난 맹장 생각이나 하고 있어. 맹장 고칠 생각을 하고 있지만 이건 단순히 맹장이 아니라 사느냐 죽느냐의 문제야. 그런데 난 정말 죽는 걸까?'

또다시 공포가 찾아왔다. 그는 숨을 헐떡이며 몸을 굽혀 성냥을 찾느라 침대 옆 작은 탁자를 팔꿈치로 쳤다. 탁자 때문에 팔꿈치가 아파오고 성냥 찾는 데 방해도 되자, 그는 벌컥 화를 내며 탁자를 더 세게 밀어 넘어뜨렸다. 그러고는 낙담한 마음으로 숨을 헐떡이며 뒤로 벌렁 쓰러졌다. 당장이라도 죽을 것 같았다.

마침 손님들이 돌아가고 있었기에 쁘라스꼬비야 표도로브나는 그들을 배웅하고 있었다. 뭔가 떨어지는 소리를 들은 그녀가 방으로 들어왔다.

"무슨 일이에요?"

"별 거 아니야. 실수로 뭘 좀 넘어뜨렸어."

그녀는 방에서 나가 초를 가지고 돌아왔다. 이반 일

리치는 1베르스따6)쯤 달린 사람처럼 가쁘고 힘겹게 숨을 몰아쉬며 누운 상태에서 그녀를 빤히 쳐다보았다.

"왜 그래요, 쟝?"

"아무 것…도 아니라고. 뭘 좀 넘…어뜨렸다니까."

이렇게 말하며 그는 '말해 봤자 뭐하겠어. 이해하지도 못할 텐데'라고 속으로 생각했다.

실제로 아내는 상황을 이해하지 못했다. 그녀는 탁자를 일으켜 세우고 촛불을 붙여주고는 서둘러 방을 나갔다. 손님들을 마저 배웅해야 했기 때문이다.

그녀가 돌아왔을 때 그는 여전히 천장을 바라보며 누워있었다.

"왜 그래요? 더 나빠진 거예요?"

"그래."

그녀는 고개를 절레절레 흔들더니 잠시 앉았다.

"저 말이죠, 쟝, 레셰찌쯔끼 씨를 한 번 집으로 모셔보면 어떨까요?"

이 말은 돈을 아끼지 말고 그 저명한 의사를 모셔

---

6) 러시아의 예전 거리 단위. 1베르스따는 1,067미터에 해당함.

오자는 뜻이었다. 그는 표독스러운 미소를 지으며 말했다.

"그만 둬."

아내는 잠시 더 앉아 있더니 다가와서 그의 이마에 입을 맞추었다.

그녀가 입을 맞추는 순간 그의 마음속에는 그녀를 향한 증오가 솟구쳤다. 그는 그녀를 밀쳐내고 싶은 충동을 간신히 억제했다.

"잘 자요. 당신이 편히 잘 수 있게 주님이 도와주실 거예요."

"그래."

〈6〉

이반 일리치는 자신이 죽어가고 있다는 것을 알고 절망감에 헤매었다.

자신이 죽어가고 있다는 걸 마음속 깊이 알고 있었지만 그는 그것에 익숙해질 수가 없었다. 뿐만 아니라, 그것을 사실로 받아들이지 못했고 절대 이해하지도 못했다.

그는 키제베터[7]의 논리학에서 배운 삼단 논법의 예, 즉 〈카이사르는 인간이다. 인간은 죽는다. 따라서 카이사르도 죽는다.〉라는 것은 카이사르에 대해서만 정당한 것이고 자신에게는 절대 해당하지 않는다고 지금까지 여겨왔다. 그것은 일반적인 인간들 가운데 한 명인 카이사르의 경우이므로 완전히 정당한 예였다. 하지만 자신은 카이사르도 아니고 일반적인 인간도 아니었다. 그는 항상 다른 모든 이들과는 다른 아주 특별한 존재였다. 그는 엄마, 아빠, 미쨔, 발로쟈, 장난감, 마부, 유모, 까쩬까와 함께해 온 바냐였으며, 유년 시절, 소년 시절, 청년 시절의 모든 기쁨과 슬픔, 환희와 함께해 온 바냐였다.[8] 바냐가 그토록 좋아했던 줄무늬 가죽 공의 냄새를 카이사르가 알기나 했을까? 카이사르도 바냐처럼 어머니의 손에 입을 맞춰보

---

7) 요한 고트프리드 키제베터(1766~1819)를 말함. 독일의 철학자이며 칸트의 제자이기도 했음. 러시아어로도 번역된 논리학 교재를 비롯한 많은 책들의 저자임.

8) 미쨔, 발로쟈, 까쩬까는 각각 이반 일리치의 맏형인 드리뜨리, 남동생인 블라지미르, 누나인 예까쩨리나의 애칭이며, 바냐는 이반 일리치 자신의 애칭이다.

았을까? 카이사르도 바냐처럼 어머니의 비단 옷이 내는 사각사각 소리를 들어보았을까? 카이사르도 바냐처럼 법률학교에서 고기만두가 마음에 안 든다고 소란을 피워본 적이 있을까? 카이사르도 바냐처럼 사랑에 빠져보았을까? 카이사르도 바냐처럼 재판을 진행할 수 있었을까?

카이사르는 죽을 수밖에 없는 인간이었고 그렇기에 그가 죽는 건 정당했다. 하지만 자신만의 수많은 감정과 생각을 가지고 있는 나, 소년 바냐이자 어른 이반 일리치로서의 나에게는 그게 해당할 수 없다. 내가 죽어야 한다는 건 있을 수 없는 일이다. 그건 너무나 끔찍한 일이다.

이것이 그의 느낌이었다.

'만일 내가 카이사르처럼 죽어야 할 운명이라면 나는 그 사실을 알았을 것이고 내면의 목소리도 그 사실을 내게 말해주었을 거야. 하지만 그런 목소리와 비슷한 것조차도 없었어. 나도, 내 친구들도, 우린 모두 자신들은 카이사르와는 전혀 다르다고 생각했어. 그런데 지금 이 꼴은 뭐란 말인가! 이럴 수는 없어. 이럴

수는 없다고. 그런데 실제로 이렇게 되어버렸어. 어떻게 이럴 수가 있지? 이걸 어떻게 이해해야 하지?'

그는 이점을 이해할 수 없었기에, 이 거짓되고 잘못되고 병적인 생각을 몰아내고 그 자리에 올바르고 건강한 다른 생각들을 채워 넣으려 노력했다. 하지만 이 거짓되고 잘못되고 병적인 생각은 그냥 생각만이 아닌 마치 실재하는 현실인 것처럼 다시 찾아와 그의 앞에 자리 잡는 것이었다.

이런 식으로 그는 앞선 생각의 자리에 다른 생각들을 차례로 불러와 채우면서, 희망을 가지고 의지할 것을 찾으려 했다. 그는 죽음에 대한 생각을 막아주던 예전의 의식의 흐름으로 돌아가 보려고도 애썼다. 그런데 이상하게도, 예전에 죽음에 대한 생각을 막아주고 감춰주고 없애주던 모든 것이 이제는 그런 효과를 내지 못했다. 요즘 들어 이반 일리치는 죽음에 대한 생각을 막아주던 예전의 의식의 흐름을 회복하려고 이런 식으로 애쓰면서 대부분의 시간을 보냈다. 그런 마음으로 그는 혼잣말을 하곤 했다. "다시 일을 시작하자. 난 일 덕분에 살아왔잖아."

그래서 그는 온갖 의혹들을 떨쳐내며 법원에 출근해서 동료들과 대화도 나누고 오랜 습관대로 무심하게 재판정 좌석에 앉아 생각에 잠긴 시선으로 청중을 둘러보곤 했다. 또한 앙상한 두 팔을 참나무 의자 팔걸이에 걸친 채 평소처럼 동료 쪽으로 몸을 기울여 서류를 밀어주며 귓속말을 주고받다가 갑자기 시선을 위로 하고 자세를 꼿꼿이 한 후 의례적인 말을 한 뒤 재판을 시작하곤 했다. 하지만 재판 중에도 옆구리 통증은 갑자기 찾아와서 재판이 어디까지 진행 중인지는 아랑곳하지 않은 채 빨아들일 듯한 고통을 가하는 본연의 작업을 시작했다. 이반 일리치는 통증에 신경을 쓰면서도 한편으로는 그것에 대한 생각을 떨쳐내 버리려 했지만 통증은 멈추지 않았다. 죽음이 이반 일리치 앞으로 찾아와 똑바로 서서 그를 바라보았다. 공포로 몸이 굳어버린 이반 일리치의 눈에서는 광채가 사라졌고, 그는 또다시 자신에게 물어보기 시작했다.

'정말로 죽음만이 진실일까?'

동료들과 부하직원들은 그토록 뛰어나고 예리했던 재판관이 혼란스러워하고 실수를 저지르는 모습을 보면서 놀라고 안쓰러워했다. 그는 몸을 부르르 떨며 정신을 추스르려고 애쓰면서 간신히 재판을 끝내곤 했는데, 그럴 때면 이젠 법원 업무도 예전처럼 자신이 숨기고 싶어 하는 것을 숨겨주지 못한다, 그리고 이젠 법원 일을 통해서도 죽음으로부터 벗어날 수는 없다는 서글픈 생각들을 하며 집으로 돌아오곤 했다. 무엇보다도 나빴던 것은, 죽음이 그를 자기 쪽으로 끌어당기면서 그를 무기력하게 만들고 있으며, 저항도 못하는 상태에서 오로지 죽음을 똑바로 쳐다보면서 말로 다할 수 없는 고통을 받도록 만들고 있다는 사실이었다.

이러한 상태로부터 벗어나기 위해 이반 일리치는 자신에게 위로가 될 수 있는 다른 방어막들을 찾아보았으나, 발견된 보호막들은 잠시 동안 그를 구해주는 듯하다가 곧 무너져버렸다. 아니, 무너졌다기보다는 차라리 모든 것을 관통하고 그 어떤 것으로도 막을 수 없는 죽음의 힘 때문에 투명해져버린 것 같았다.

그즈음 들어 그는 자신이 꾸민 응접실에 자주 드나들곤 했는데, 그곳은 그가 사다리에서 떨어진 곳이었다. 그때 다친 자리에서 병이 시작되었기에, 응접실

꾸미는 일에 목숨을 바친 셈이 되었다는 것을 생각하자 쓴웃음이 나왔다. 응접실에 들어가서 둘러보니 래커 칠을 한 탁자에 무엇인가에 긁힌 흠집이 눈에 띄었다. 그는 원인을 찾아보았는데, 앨범에 달려 있는 청동 장식이 그 흠집을 내면서 장식의 모서리도 구부러져 버렸음을 알게 되었다. 애정을 담아 꾸민 비싼 앨범을 살펴보다가 그는 딸과 그녀 친구들의 부주의함에 화가 났다. 앨범 여기저기가 찢겨져 있었고 거꾸로 붙어 있는 사진들도 있었다. 그는 정성껏 앨범을 정리하고 구부러진 장식도 제대로 펴 놓았다.

그러자 앨범들이 놓인 탁자 전체를 꽃이 있는 다른 쪽 구석으로 옮겨야겠다는 생각까지 들었다. 그는 하인을 불렀다. 그런데 아내와 딸이 도와주겠다고 오더니 그의 생각에 동의하지 않으며 어깃장을 놓았다. 이반 일리치는 그들과 논쟁을 벌이다 화까지 냈다. 하지만 그래도 괜찮았다. 그러는 동안에는 죽음에 대한 생각도 나지 않고 죽음이 눈에 보이지도 않았기 때문이다.

그런데 그가 직접 가구를 옮기려 하자 아내는 "제발 하인들한테 시키세요. 그러다가 또 다치겠어요."

라고 말했다. 그러자 갑자기 방어막 너머에서 죽음이 어른거리는 것이 그의 눈에 들어왔다. 어른거리기만 했으므로 곧 사라질 것이라고 희망을 품어보았지만, 그러면서도 무의식중에 옆구리 통증에 신경이 쓰였다. 모든 게 그대로였고 쿡쿡 쑤시는 통증 역시 그대로였다. 이제 그는 더 이상은 죽음을 망각할 수 없는 상태가 되었다. 죽음은 꽃 뒤에서부터 또렷하게 그를 바라보고 있었던 것이다. 도대체 이 모든 현상이 무엇을 위해 필요하다는 말인가?

'맞아, 난 바로 여기서 커튼을 달다가 기습을 당하듯 생명을 잃게 된 거야. 정말로 그렇게 된 거란 말인가? 얼마나 끔찍하고 또 얼마나 어리석은 일인가! 이럴 수는 없어, 이럴 수는 없다고! 하지만 끝내 이렇게 되어버렸어.'

그는 서재로 돌아가 자리에 누웠다. 그는 또다시 죽음과 단둘이 남겨졌다. 죽음과 얼굴을 맞대고 있었지만 할 수 있는 건 아무 것도 없었다. 그저 죽음을 바라보며 두려움에 몸을 떨 뿐이었다.

〈7〉

이반 일리치의 병이 석 달 만에 어떻게 이렇게까지 되었는지는 설명이 불가능했다. 그의 병세는 눈에 띄지 않게 아주 서서히 악화되었기 때문이다. 하지만 석 달째가 되자 아내, 딸, 아들, 하인들, 지인들, 의사들, 그리고 무엇보다도 그 자신이 알게 된 사실이 있었다. 그것은 그가 자신의 자리를 비워줌으로써 살아 있는 사람들을 그의 존재로 인한 압박감으로부터 해방시켜주고 자기 자신도 고통으로부터 해방될 시기가 정말로 곧 오게 될지에 대해 사람들의 모든 관심이 쏠려 있다는 사실이었다.

자는 시간이 점점 줄어들게 되자 그에게 아편과 모르핀이 투여되기 시작했다. 하지만 이것이 그의 고통을 완화시켜 주지는 못했다. 반쯤 잠든 상태에서 느껴지는 둔탁한 몽롱함이 처음에는 뭔가 새로운 느낌으로 다가오며 통증을 완화시켜 주는 듯도 했지만, 나중에는 그러한 느낌 역시 고통스러운 것으로 느껴지거나, 혹은 노골적인 고통보다 더 괴로운 것이 되었다.

그는 의사들의 처방에 따라 특별히 준비된 음식을

먹었지만, 나중에는 이 음식들도 점점 더 맛이 없어지고 역겨워졌다.

용변을 위해서도 특수하게 제작된 용기가 사용되었는데, 그것을 사용하는 일이 매번 고역이었다. 불결함, 흉한 모양새, 악취, 그리고 다른 사람의 도움을 받아서 용변을 해결해야 한다는 생각이 그를 고통스럽게 했다.

그런데 이렇듯 불쾌한 일을 치러야 하는 상황에서도 위안이 되는 존재가 나타났다. 용변 후의 배설물을 치우기 위해 드나들었던, 집사 일을 돕는 하인 게라심이었다.

게라심은 깨끗하고 생기 있으며 도시 음식을 먹고 자라서 통통하게 살이 오른 젊은 사내였다. 그는 언제나 명랑하고 밝은 표정이었다. 처음에는 항상 러시아식으로 깔끔하게 차려 입은 그가 이런 혐오스러운 일을 처리하는 모습을 보는 게 이반 일리치에게는 당혹스러운 일이었다.

한 번은 이반 일리치가 용변기에서 일어난 후 바지를 추켜올릴 힘이 없어 푹신한 안락의자에 털썩 주저

앉은 적이 있었다. 그는 힘줄이 도드라져 보일 정도로 허약해진 자신의 허벅지를 바라보며 경악했다.

그때 신선한 겨울 공기를 몰고 경쾌하면서도 힘찬 걸음으로 게라심이 들어왔다. 그는 두꺼운 장화를 신고 있었는데 그 장화에서 기분 좋은 타르 냄새가 풍겨왔다. 그는 삼베로 만든 깨끗한 앞치마를 두르고 사라사 천으로 만든 깨끗한 루바쉬까[9]를 입고 있었는데, 걷어 올린 소매 아래로 힘센 젊은이의 팔뚝이 드러나 있었다. 그는 이반 일리치와 눈길을 마주치지 않고 용변기 쪽으로 갔는데, 자신의 얼굴에서 빛나는 삶의 기쁨이 병자에게 모욕감을 주지 않도록 조심하는 것이 분명했다.

"게라심." 이반 일리치가 힘없이 말했다.

이 말에 게라심은 몸을 흠칫 떨었다. 자신이 혹시 무슨 실수라도 저지르지 않았는지 깜짝 놀란 것이 분명했다. 그는 이제 막 수염이 나기 시작한 풋풋하고 선량하며 순박한 젊은이의 얼굴을 얼른 병자 쪽으로 돌렸다.

---

9) 팔 부분 폭이 넓은 러시아식 셔츠.

"예, 무슨 시키실 것이라도?"

"자넨 이런 일을 하는 게 달갑지가 않을 거야. 미안하네. 나로선 어쩔 수가 없으니."

"당치도 않습니다요." 게라심은 두 눈을 반짝이며 희고 건강한 이를 드러냈다.

"이 정도 일을 왜 못하겠습니까? 나리께선 편찮으시잖아요."

그는 익숙해져 있는 일을 힘센 두 팔을 놀려 솜씨 좋게 처리하고는 가벼운 걸음걸이로 밖으로 나갔다. 그리고 5분 후 역시 가벼운 걸음걸이로 돌아왔다.

이반 일리치는 여전히 안락의자에 앉아있었다.

"게라심." 게라심이 깨끗하게 씻은 용변기를 자리에 놓자 이반 일리치가 그를 불렀다.

"이리 와서 날 좀 도와줘."

게라심이 다가왔다.

"날 일으키게. 혼자서는 힘들어. 드미뜨리는 다른 데로 보내버렸거든."

게라심이 다가왔다. 그는 평소의 가벼운 걸음걸이처럼 이반 일리치를 힘센 두 팔로 가볍게 안아서 능

숙한 솜씨로 부드럽게 일으켜 세우더니 한 팔로는 붙잡고 다른 한 팔로는 바지를 추켜서 입혀준 다음에 안락의자에 앉히려 했다. 하지만 이반 일리치가 소파로 데려가 달라고 하자 게라심은 그에게 너무 압력이 가해지지 않도록 힘을 빼고 거의 들어 올린 상태에서 소파로 데려가 앉혔다.

"고맙네. 자네는 참 솜씨 있게 잘 해내는군… 어떤 일이든 말이야."

게라심은 다시 한 번 미소를 지어보이고는 방을 나가려했다. 하지만 이반 일리치는 그와 함께 있는 것이 좋아서 그를 보내고 싶지가 않았다.

"한 가지가 더 있네. 저 의자를 내 쪽으로 옮겨 줘. 아니, 그것 말고 저 의자. 그걸 내 다리 밑에 받쳐줘. 다리를 좀 높은 위치로 놓아두면 더 편하거든."

게라심은 의자를 가져와 바닥에 부딪히는 소리를 내지 않고 정확히 내려놓은 후 그 위에 이반 일리치의 다리를 올려놓았다. 이반 일리치는 게라심이 다리를 높이 들어서 올리는 동안 기분이 나아지는 느낌이 들었다.

"다리를 높이 두고 있을 때가 몸이 더 편하군." 이반 일리치가 말했다. "저쪽의 저 쿠션도 가져와서 다리 밑에 괴어주게."

게라심은 그 말대로 했다. 그는 다시 이반 일리치의 다리를 들어 올렸다가 내려놓아 주었다. 게라심이 다리를 들고 있는 동안 그는 또다시 편안한 느낌이 들었다. 하지만 게라심이 다리를 내려놓자 다시 몸 상태가 나빠지는 느낌이 들었다.

"게라심." 그가 불렀다. "지금 바쁜가?"

"전혀 그렇지 않습니다요." 그는 주인에게 말하는 어법에 대해 도시 사람들에게서 배운 방식대로 대답했다.

"아직 할 일이 더 있나?"

"제가 할 일이 뭐가 그리 있겠습니까? 내일 쓸 장작 패는 일 말고는 다 끝내놓았습지요."

"그럼 내 다리를 좀 더 높이 올려놓고 있어 줄 수 있겠나, 그럴 수 있겠어?"

"물론입니다요." 게라심이 그의 다리를 높이 들어 올렸다. 그러자 그 자세에서는 통증이 전혀 느껴지지 않는 것 같았다.

"그럼 장작은 어떻게 하지?"

"걱정하지 마십시오. 장작 팰 시간은 충분합니다."

이반 일리치는 게라심에게 앉아서 다리를 들고 있으라고 말한 뒤 그와 잠시 이야기를 나누었다. 이상하게도 게라심이 다리를 들고 있는 동안에는 기분이 더 좋다는 느낌이 들었다.

그때부터 이반 일리치는 종종 게라심을 불러서 그의 어깨 위에 자신의 다리를 올려놓고 있게 했으며, 그 상태에서 그와 이야기를 나누는 것을 좋아하게 되었다. 게라심은 그 일이 아무 것도 아니라는 듯 기꺼운 마음으로 선량한 표정을 띠고 순박한 태도로 해주었으며, 이점이 이반 일리치를 감동시켰다. 다른 사람들이 가진 건강과 힘과 삶의 활력은 모두 이반 일리치에게 모욕감을 주었다. 그러나 게라심의 힘과 삶의 활력만은 그를 속상하게 하지 않고 오히려 마음을 진정시켜 주었다.

이반 일리치를 가장 고통스럽게 한 것은 거짓이었다. 무슨 이유에서인지 모두가 받아들인 거짓, 그는 죽어가고 있는 것이 아니라 아플 뿐이며 마음을 편하게 하고 치료를 받으면 아주 좋아질 것이라는 거짓이 그를 괴롭게 했다. 하지만 그는 앞으로 무슨 짓을 해도 몸은 좋아질 수 없으며 남은 것은 더욱 심해지는 고통과 죽음뿐이라는 사실을 알고 있었다. 그랬기에 이 거짓은 그를 괴롭게 했다. 그들도 알고 이반 일리치 자신도 아는 사실을 그들이 인정하지 않으려 한다는 점, 이반 일리치의 끔찍한 상태에 대해 거짓말을 하고 그 자신도 이 거짓말에 동참하도록 만들려고 한다는 점이 그를 괴롭게 했다.

죽음을 눈앞에 둔 그에게 행해지는 이 거짓, 죽음이라는 무섭고도 장엄한 사건을 그들의 병문안이니 커튼이니 식사에 나온 철갑상어니 하는 것들의 수준으로 낮춰버리려 했던 이 거짓이… 이반 일리치에게는 끔찍스럽게도 괴로웠던 것이다. 이반 일리치는 사람들이 자기 앞에서 실없는 농담 짓거리를 할 때면 "거짓말은 그만 해. 내가 죽어가고 있다는 건 당신들도 알고 나도 알고 있잖아. 그러니까 최소한 거짓말만은 그치란 말이야!"라는 소리가 목구멍까지 나온 적이

많았지만, 이상하게도 실제로 그렇게 소리 지를 용기
는 단 한 번도 내지 못했다. 그가 보기에 주변 사람들
은 그의 죽음이라는 이 무섭고도 끔찍한 사건을 어쩌
다가 발생한 불쾌한 일 혹은 다소 품위가 떨어지는
일 정도로 격하시키고 있었다(마치 고약한 냄새를 풍기
며 응접실로 들어온 사람을 대할 때 보이는 태도처럼). 이
반 일리치는 평생 동안 품위를 중시한 사람이었는데,
이번에는 사람들이 그의 죽음을 이렇게 품위 있는 태
도로 저울질했던 것이다. 그랬기에 그들 중 아무도 그
의 죽음을 애석해하지 않을 것이라는 점이 그의 눈에
는 보였다. 아무도 그의 처지를 이해하려 들지 않았기
때문이다.

　오직 한 사람, 게라심만이 그의 처지를 이해하고 그
를 가엾게 여겼다. 그래서 이반 일리치는 게라심과 있
을 때만 마음이 편했다. 그는 가끔 게라심이 자러 갈
생각도 하지 않고 그의 다리를 올려든 채 밤을 꼬박
새우면서 "걱정 마세요, 이반 일리치, 잠이야 나중에
충분히 자면 되죠."라고 말해줄 때마다 기분이 좋았
다. 또는 그가 갑자기 친근하게 '당신'이라는 호칭을

쓰며 "설사 당신이 아프지 않았더라도 내가 이 정도 못해줬겠어요?"라고 말해줄 때도 역시 기분이 좋았다. 오직 게라심만이 거짓을 말하지 않았다. 모든 점에서 볼 때, 오직 게라심만이 무엇이 문제인지를 이해하고 있었고, 그 점을 숨길 필요도 없다고 생각하고 있었으며, 쇠약해져버린 허약한 주인을 그저 가엾게 여기고 있었을 뿐이었다. 한 번은 이반 일리치가 그에게 그만 나가보라고 하자 그가 이렇게 솔직히 말하기도 했다.

"우리 모두는 죽게 됩니다. 그러니 이런 수고 좀 못할 이유가 있겠어요?"

그의 말에는 다름 아닌 죽어가는 사람을 위해 하는 일이기에 이런 수고가 부담스럽지 않으며 자신도 죽을 때가 되면 누군가가 똑같은 수고를 해줄 것이라는 희망이 담겨 있었다.

거짓말 이외에, 혹은 거짓말로 인해, 그를 무엇보다도 더 고통스럽게 했던 또 한 가지는 그가 바라는 만큼 그를 가엾게 여겨주는 사람이 아무도 없다는 사실이었다. 오랜 기간 고통을 당한 후 이반 일리치는, 비록 부끄러워서 고백하지는 못했지만, 누군가가 자신을 병든 아이를 대하듯 불쌍히 여겨주었으면 하는 마음이 무엇보다도 클 때가 있었다. 아이를 달래고 다독여주듯이, 자신에게도 누군가 달래주고 입 맞춰 주고 울어주길 바라는 마음이었다. 중요한 직책에 있는데다 수염까지 하얗게 세어가는 자신이 그런 걸 바랄 수는 없다는 점을 알고는 있었지만, 그럼에도 그는 여전히 그것을 바라는 마음이 있었다. 그런데 게라심과의 관계에서는 이와 비슷한 무언가가 있었기에 게라심과의 만남은 그에게 위안을 주었다. 이반 일리치는 흐느껴 울고 싶었고, 그런 자신을 누군가가 달래주고 같이 울어주기를 바랐다. 그런데 법원 동료인 셰벡이 찾아왔을 때 그는 흐느껴 울거나 위로를 구하는 대신에 진지하고 근엄하며 깊은 생각에 잠긴 듯한 표정을 지었다. 그는 항상 하던 버릇대로 상고심 판결의 의미에 대한 자신의 견해를 말해주고는 그 견해를 굳세게 고수했다. 주변 사람들과 자기 자신의 이러한 거짓이 이반 일리치 인생의 마지막 날들을 가장 크게 해치는 독이었다.

⟨8⟩

아침이었다. 게라심이 방에서 나가고 하인 뾰뜨르가 들어와 촛불을 끄고 한 쪽 커튼을 열어젖힌 후 조용히 방 청소를 시작했다는 것만이 아침이 왔다는 표시였다. 아침이든 저녁이든, 금요일이든 일요일이든, 아무 상관없었다. 여전히 모든 게 그대로였다. 단한 순간도 줄어들지 않고 쿡쿡 쑤셔대는 고통스러운 통증, 가망 없이 계속 사라져가고 있지만 그래도 아직까지는 완전히 사라지지 않은 삶에 대한 의식, 유일한 현실로 남아서 여전히 다가오고 있는 저 끔찍하고도 혐오스러운 죽음, 그리고 여전히 똑같은 거짓, 그 모든 것이 그대로였다. 그런 마당에 무슨 요일인지, 몇 번째 주인지, 몇 시인지 하는 것들이 무슨 의미가 있었겠는가?

"차를 가져올까요?"

'이 녀석은 규칙대로 하는 것만이 필요해서 아침마다 주인에게 차를 마시도록 하는군.' 이반 일리치는 이렇게 생각했지만 그냥 "아니."라고만 짤막하게 대꾸했다.

"소파로 옮겨 드릴까요?"

'방을 치워야 하는데 내가 방해가 된다는 거군. 내가 더럽고 지저분하니까 말이야.'

이렇게 생각한 그는 다시 짤막하게 대답했다.

"아니, 그냥 둬."

하인은 다시 부산을 떨기 시작했다. 이반 일리치가 손을 뻗으니 뾰뜨르가 기다렸다는 듯이 다가왔다.

"뭘 드릴까요?"

"내 시계."

뾰뜨르는 가까이에 있던 시계를 집어 들어 건네주었다.

"여덟 시 반이군. 다른 사람들은 안 일어났나?"

"예, 안 일어나셨습니다. 바실리 이바노비치(이반 일리치의 아들) 도련님은 학교에 가셨고, 쁘라스꼬비야 표도로브나 마님은 나리께서 찾으시면 깨워달라고 하셨어요. 마님을 모셔올까요?"

"아니, 됐어."

그는 '차나 한 잔 마셔볼까?'라고 생각하고는 말했다.

"그래… 차를 가져 와."

뽀뜨르가 문 쪽으로 갔다. 이반 일리치는 혼자 남는 게 무서웠다.

'저 녀석을 뭘로 붙잡아놓지? 그래, 약이 있었지.' 그는 이렇게 생각하고 말했다.

"뽀뜨르, 약을 다오."

그는 어쩌면 아직은 약이 도움이 될지도 모른다고 생각하며 약을 숟가락에 따라 마셨다. 하지만 이미 익숙해져버린 느끼하고도 절망적인 맛이 느껴지자 그는 곧바로 결론을 내렸다.

'아니, 효과가 없을 거야. 다 부질 없는 짓이야. 거짓이야. 그래, 더는 못 믿겠어. 하지만 이놈의 통증은 대체 왜 필요하단 말인가? 잠시만이라도 멈췄으면 좋으련만.'

그는 이렇게 생각하며 신음소리를 냈는데, 그 소리를 듣고 뽀뜨르가 되돌아왔다.

"괜찮다. 가서 차나 가져와라."

뽀뜨르가 나가자 혼자 남은 이반 일리치는 다시 신음하기 시작했다. 끔찍한 육체적 고통 때문만은 아니었다. 오히려 우울함이 더 큰 원인이었다.

'모든 게 항상 똑같아. 끊임없이 반복되는 이 낮과 밤들. 차라리 빨리 왔으면. 그런데 뭐가 온다는 거지? 죽음이 오고 암흑이 오겠지. 아냐, 아냐. 죽음만 아니라면 뭐가 오든 상관없어.'

뾰뜨르가 차를 쟁반에 받쳐 들고 들어오자 이반 일리치는 그가 누구이고 무엇을 하고 있는지 모르겠다는 표정으로 한참 동안 멍하니 그를 쳐다보았다. 이 시선 때문에 뾰뜨르가 당혹하는 모습을 보고서야 이반 일리치는 제정신으로 돌아왔다.

"아, 그렇군." 그가 말했다. "차구나…. 좋아, 여기 놓아라. 이제 세수하는 걸 도와주고 깨끗한 셔츠도 갖다 다오."

이반 일리치는 세수를 하기 시작했다. 그는 쉬엄쉬엄 손과 얼굴을 씻고 이를 닦은 다음에 머리를 빗고 나서 거울을 보았다. 소름이 끼쳤다. 창백한 이마에 머리카락이 달라붙어 있는 모습이 특히나 끔찍했다.

뾰뜨르가 셔츠를 갈아입혀 줄 때 이반 일리치는 자기 몸을 보면 더 끔찍할 것 같아서 고개를 돌려버렸다. 이제 모든 준비가 끝났다. 그는 가운을 입고 담요를 두른 뒤에 차를 마시려고 안락의자에 앉았다. 잠시 상쾌한 느낌이 들었지만, 차를 한 모금 들이키자 또다시 입 안에 예의 그 역겨운 맛과 옆구리 통증이 느껴졌다. 그는 억지로 차를 다 마신 후 다리를 쭉 뻗고 누웠다. 그러고 나서 뾰뜨르를 내보냈다.

항상 이런 식이었다. 희망의 물 한 방울이 반짝이는가 싶다가도 이내 절망의 바다가 밀려와서 통증에 이어 또 통증이, 우울함에 이어 또 우울함이 똑같이 반복되었다. 혼자 있으면 끔찍이도 외롭기에 누군가를 부르고 싶지만, 다른 사람들이 곁에 있으면 기분이 더 나빠진다는 것을 그는 이미 알고 있었다.

'모르핀이라도 맞아서 아예 의식을 잃으면 좋겠다. 의사에게 뭔가 다른 방법을 생각해보라고 말해야겠어. 이렇게는 안 돼. 이렇게 계속 갈 수는 없어.'

이렇게 한 시간, 두 시간이 흘렀다. 현관에서 종이 울렸다. 의사가 온 듯했다. 맞다, 의사였다. 신선하고 활기 넘치며 살찌고 명랑해 보이는 이 의사는 '뭔가에 깜짝 놀라신 것 같은데, 우리가 다 해결해드리죠.'라고 말하는 듯한 표정을 하고 있었다. 의사는 그런 표정이 그 자리에 어울리지 않는다는 것을 알았지만, 아침부터 프록코트를 입고 왕진을 다니는 사람으로서 이미 확실하게 몸에 밴 이 표정은 떨쳐낼 수가 없었다.

의사는 이반 일리치를 안심시키려는 듯이 활기차게 손바닥을 비볐다.

"몸이 얼었습니다. 추위가 매섭네요. 일단 몸 좀 녹일게요." 의사는 몸을 녹이는 동안만 기다려 준다면 자기가 다 해결해주겠다는 듯한 표정으로 말했다.

"저 그런데, 어떠십니까?" 의사가 물었다.

이반 일리치가 느끼기에는, 의사는 "하시는 일은 어떠십니까?"라고 물어보려다가 그건 좀 적절하지 않다고 느끼고 그 대신에 "밤새 어떠셨어요?"라고 물어본 듯 했다.

이반 일리치는 "그렇게 거짓말을 하는 게 정말 부끄럽지도 않소?"라고 질문하는 듯한 표정으로 의사를 쳐다보았다. 하지만 의사는 이 표정의 의미를 파악하려 들지 않았다.

이반 일리치가 대답했다.

"여전히 끔찍합니다. 통증이 사라지지 않고 수그러

들지도 않아요. 어떻게 좀 해주시오!"

"환자들이야 모두 당신처럼 그렇게 말들을 하지요. 자, 이제 몸이 좀 따뜻해진 것 같네요. 꼼꼼하기로 소문난 쁘라스꼬비야 표도로브나 부인께서도 이 정도면 내 체온에 대해 뭐라 하시진 않을 것 같습니다. 자 그럼, 어떠신지 좀 볼까요?"

의사는 지금까지의 장난기를 버리고 진지한 표정으로 환자를 살피며 맥박과 체온을 재더니 몸 여기저기를 두드려보고 귀를 대고 소리도 들어보았다.

이반 일리치는 이 모든 것이 부질없으며 공허한 기만에 불과하다는 사실을 의심치 않고 확실히 알고 있었지만, 의사가 무릎을 굽히고 앉아 그에게 몸을 뻗히고 몸통 위아래에 귀를 가져다 대면서 의미심장한 표정으로 체조 선수와 같은 동작들을 취하자 거기에 넘어가고 말았다. 그건 마치 법정에서 변호사들이 하는 말이 다 거짓이며 그들이 왜 그런 거짓말을 하는지를 재판관으로서의 그가 잘 알면서도 넘어갔던 것과 똑같은 일이었다.

의사가 무릎을 굽히고 소파에 앉아 계속 여기저기

를 두드려 보고 있을 때 문에서 쁘라스꼬비야 표도로 브나의 비단 드레스 자락이 사각거리는 소리가 나더니 의사 선생님이 오신 걸 왜 알리지 않았냐며 뾰뜨르를 나무라는 그녀의 목소리가 들렸다.

쁘라스꼬비야 표도로브나는 방에 들어와 남편에게 키스를 하더니 즉시 변명을 하기 시작했다. 사실은 한참 전에 일어났는데 뭔가 착오가 생겨 의사 선생님이 오셨을 때 나와 보지 못했다는 것이었다.

이반 일리치는 그녀의 온몸을 찬찬히 뜯어보며 통통하게 살이 오른 순백의 깨끗한 팔과 목, 윤기 흐르는 머리칼, 생기가 넘치며 반짝이는 두 눈을 못마땅하게 쳐다보았다. 마음 깊은 곳으로부터 그녀를 향한 증오가 끓어올랐다. 그녀와 몸이 약간만 닿아도 증오심이 부글거려 고통스러웠다.

남편에 대한, 그리고 남편의 병에 대한 그녀의 태도는 늘 한결같았다. 의사가 환자에 대한 태도를 한 번 정하고 나면 바꾸지 못하듯이 그녀도 그에 대한 태도를 정하고 난 후 바꾸지 못했다. 즉 병이 낫지 않는 것은 지시된 사항을 제대로 이행하지 않는 남편 자신의 탓이며, 그녀는 남편을 사랑하는 마음에 그런 행동을 나무라고 있다는 것이었다.

"저 사람은 도무지 내 말을 듣질 않아요! 약도 제 시간에 먹지 않는답니다. 제일 큰 문제는 발을 높이 들게 하고 몸에 해로울 게 빤한 자세로 누워있는 거예요."

그녀는 남편이 게라심한테 발을 들고 있게 한다는 말을 의사에게 했다.

의사는 상냥하면서도 비웃는 듯한 미소를 지었다. 그의 표정은 "어쩌겠습니까. 이런 환자분들은 가끔 그런 어리석은 짓들을 생각해내곤 한답니다. 그냥 이해해주고 넘어가야 합니다."라고 말하는 듯했다.

진찰을 끝낸 의사가 시계를 들여다보자 쁘라스꼬비야 표도로브나는 남편에게 그가 원하든 원하지 않든 오늘은 저명한 의사를 모셔와 여기 계신 미하일 다닐로비치와 합동으로 진찰하고 상의하도록 하겠다고 통보했다.

"제발 반대하지 말아요. 이건 내 자신을 위해서 하는 일이니까요." 그녀는 비꼬는 투로 말했다. 그녀의 말은, 자신이 이렇게 하는 것은 모두 그를 위한 일이니 그것만으로도 그는 거부할 권리가 없다는 점을 반대로 비꼬아서 전달한 것이었다. 그는 입을 닫은 채 얼굴을 찌푸렸다. 자신을 둘러싸고 있는 거짓이 너무 복잡하게 엉켜 있어서 이제는 구분을 해내기도 힘들었다.

그녀가 그에게 하는 모든 일들은 자기 자신만을 위한 것이었다. 그런데 지금은 자신이 하는 일은 정말로 자기 자신만을 위해서라는 믿기 힘든 말을 노골적으로 입 밖에 꺼냄으로써, 그로서는 그것을 반대로 이해해야만 하는 상황을 만든 것이다.

11시 30분이 되자 저명한 의사가 실제로 왔다. 청진기를 사용한 진찰이 또다시 시작되었다. 그가 있는 데서, 그리고 다른 방으로도 자리를 옮겨 신장과 맹장에 관한 중요한 대화와 의미심장한 표정의 질문과 대답이 의사들 간에 이어졌다. 그런데 병자가 직면해 있는 사느냐 죽느냐의 실제적인 문제는 또 다시 제쳐두고 왠지 제 기능을 못하는 신장과 맹장에 관한 문제만이 다뤄졌다. 미하일 다닐로비치와 저명한 의사는 당장

에라도 이 문제에 달려들어 신장과 맹장이 제 기능을
하도록 고쳐놓을 것처럼 행동했다.

저명한 의사는 심각한 표정으로, 하지만 절망적인
것은 아니라는 표정으로 이반 일리치와 작별 인사를
나누었다. 이반 일리치가 회복 가능성이 있는지를 공
포와 희망이 교차하는 눈빛으로 주저하듯 물어보자,
의사는 보장할 수는 없지만 가능성은 있다고 대답했
다. 의사를 배웅하는 그의 눈에 어린 희망의 눈빛이
어찌나 애처롭던지 진료비를 지불하려고 서재 문을
나선 쁘라스꼬비야 표도로브나는 그 모습을 보고 울
음을 터뜨렸다.

희망을 주는 의사의 말에 부풀어 오른 기분은 오래
지속되지 못했다. 여전히 똑같은 방, 똑같은 그림들,
커튼, 벽지, 약병, 똑같이 고통에 시달리는 아픈 몸이
있을 뿐이었다. 그는 다시 신음을 토하기 시작했다.
주사약이 투여되고 그는 정신을 잃었다.

그가 정신을 차렸을 때는 밖이 어둑어둑해지고 있
었다. 식사가 나오자 그는 고기국물을 간신히 몇 숟가
락 떠먹었다. 그러고는 또다시 모든 게 똑같았고 또다

시 밤이 찾아오고 있었다.

식사가 끝난 후 일곱 시쯤, 파티에라도 가는 것처럼 차려입은 쁘라스꼬비야 표도로브나가 방에 들어왔다. 풍만한 가슴은 위로 치켜 올렸고 얼굴에는 분을 바른 흔적이 있었다. 그녀는 극장에 다녀오겠다고 아침에 남편에게 미리 말해 놓은 바 있었다. 사라 베르나르[10]가 와서 공연을 하고 있었는데, 이반 일리치가 고집해서 가족을 위해 비싼 자리를 예약해놓은 터였다. 그런데 이반 일리치는 지금 그 사실을 잊어버리고 아내의 한껏 차려 입은 모습에 기분이 나빠졌다. 하지만 이 공연이 아이들에게 교육적이고도 미학적인 즐거움을 줄 것이라는 판단 하에 특별석을 구해서 가라고 고집한 것이 자기 자신이라는 사실을 떠올리고는 이러한 불쾌한 감정을 숨겼다.

쁘라스꼬비야 표도로브나는 흡족한 마음으로 방에 들어왔지만, 죄지은 것 같은 기색을 띠기도 했다. 그녀는 옆에 앉아 몸은 좀 어떤지 물어보았으나, 그는

___

10) 사라 베르나르(1844~1923). 프랑스의 유명 연극배우로서 1880년대에는 러시아에 와서 공연을 하기도 했다.

그것이 실제로 몸 상태를 알기 위해서가 아니라 그저 물어봐야 하니까 물어본 것에 불과하다는 것을 느꼈다. 그녀 역시 별로 들을 대답이 없었기에 자신에게 필요한 말을 하기 시작했다. 자신은 가고 싶은 마음이 전혀 없지만 특별석을 구해 놓은 데다, 딸아이와 엘렌과 뻬뜨리셰프(딸의 신랑감인 예심 판사)가 가는데 그들만 가도록 내버려둘 수는 없다는 것이었다. 그렇지만 않다면 자신은 그와 함께 있는 것이 더 좋았을 것이며 자기가 없더라도 의사의 지시 사항을 꼭 지키라는 말도 덧붙였다.

"아 참, 표도르 뻬뜨로비치[11]가 당신을 보고 싶어 해요. 괜찮지요? 리자도요."

"들어오라고 해요."

젊은 몸을 드러낸 채 잘 차려입은 딸이 들어왔다. 아버지는 육체 때문에 고통 받고 있었지만, 딸은 육체를 자랑스럽게 드러내고 있었다. 힘차고 건강하며 딱 보기에도 사랑에 빠져 있는 딸은 자신의 행복을 방해

---

[11] 딸의 신랑감인 뻬뜨리셰프의 이름과 부칭.

하고 있는 질병과 고통과 죽음에 대해서는 화가 나 있었다.

연미복을 차려 입고 머리를 카풀 식[12]으로 다듬은 표도르 뻬뜨로비치도 들어왔다. 널찍한 가슴팍을 덮은 새하얀 셔츠의 칼라는 힘줄이 두드러진 긴 목을 꼭 조이고 있었고, 탄탄한 허벅지에 꼭 들어맞는 통이 좁은 바지를 입고 있었다. 흰 장갑을 팽팽하게 당겨 낀 한 손으로는 오페라 모자를 들고 있었다.

그 뒤로 중학교에 다니는 아들이 사람들 눈에 띄지 않게 조용히 들어왔다. 새 교복을 입고 장갑을 낀 불쌍한 아이는 눈 밑에 섬뜩하도록 시퍼런 그늘이 져 있었다. 이반 일리치는 이 그늘의 의미를 알고 있었다.

이반 일리치는 아들이 늘 가여웠다. 겁에 질려 있었지만 한편으로는 아버지를 동정하는 아들의 눈빛을 보고 있자니 마음이 쓰라렸다. 그가 보기에 게라심 이외에 자신을 이해하고 동정하고 사람은 바샤[13] 뿐이었다.

---

12) 당시 프랑스의 유명 테너 가수 조제프 카풀이 했던 머리 스타일로서, 머리 한 가운데로 가르마를 타고 곱슬머리 두 가닥을 이마 위로 내려뜨린 스타일.
13) 이반 일리치의 아들인 '바실리'의 애칭.

모두들 자리에 앉더니 몸은 어떠냐고 또다시 물어보았다. 잠시 침묵이 흘렀다. 리자가 어머니에게 오페라글라스는 어디 있냐고 물었다. 그것을 누가 어디에 치워 놓았는지를 둘러싸고 모녀간에 말다툼이 벌어졌고 볼썽사나운 장면들이 연출되었다.

표도르 뻬뜨로비치가 이반 일리치에게 사라 베르나르를 본 적이 있냐고 물었다. 처음에 이반 일리치는 그가 무엇을 물어보는지 이해 못했으나, 잠시 후에 그걸 깨닫고는 대답했다.

"아니, 그런데 자네는 본 적이 있나?"

"예, 〈아드리엔 르쿠브뢰르〉14) 공연에서 보았습니다."

쁘라스꼬비야 표도로브나는 바로 그 공연에서 그녀가 특히 뛰어났다고 말했다. 딸은 동의하지 않았다. 그녀의 연기가 우아하다든가 실감난다든가 등의 이야기가 시작되었다. 언제 들어도 똑같은 그렇고 그런 얘기였다.

---

14) 프랑스의 대표적 여배우 아드리엔 르쿠브뢰르(1692~1730)의 삶 중에서 극적인 부분들을 소재로 1849년에 씌어진 희곡작품. 사라 베르나르가 그녀의 역할을 하기도 했다.

얘기가 오가던 중 표도르 뻬뜨로비치가 이반 일리치를 힐끗 보더니 입을 다물었다. 다른 사람들도 그를 힐끗 보고는 입을 다물었다. 이반 일리치는 눈빛을 번뜩이며 앞을 바라보고 있었는데, 그들에게 화가 나있는 것이 분명했다. 이 불편한 상황을 수습해야 했지만 어떻게 해야 하는지 도무지 알 길이 없었다. 어쨌든 어떻게 해서라도 그 침묵을 깨야 했다. 하지만 그 누구도 선뜻 나설 용기를 내지 못했다. 우아한 거짓이 무너지고 있는 그대로의 진실이 드러나는 것이 두려웠기 때문이었다. 그때 리자가 먼저 나서서 침묵을 깼다. 모두가 느끼고 있던 것을 그녀 역시 감추려 했지만, 그만 무심코 입 밖에 내고 말았던 것이다.

"그런데 공연을 보러 가려면 지금 출발해야 돼요."
그녀가 아버지로부터 선물 받은 시계를 힐끗 본 후 말했다. 그러더니 표도르 뻬뜨로비치에게 둘만 의미를 아는 의미심장한 미소를 보일락 말락 흘리고는 드레스 자락을 바스락거리며 자리에서 일어섰다.

다들 일어나서 이반 일리치에게 작별을 고하고는 방에서 나갔다.

그들이 나가자 이반 일리치는 마음이 편해진 느낌이 들었다. 거짓이 사라졌기 때문이다. 하지만 거짓은 그들과 함께 사라졌어도 통증은 남았다. 여전한 통증과 여전한 공포였기에, 딱히 무엇이 더 힘들어졌다거나 무엇이 더 편안해졌다고 말할 것도 없었다. 모든 게 한꺼번에 다 나빠져 있을 뿐이었다.

그 어떤 것도 끝날 기미 없이 그대로인 상태에서 1분에 또 1분, 한 시간에 또 한 시간이 흘러갔다. 피할 수 없는 종말이 점점 더 무서워졌다.

"그래, 게라심을 불러와." 무얼 해드려야겠냐는 뾰뜨르의 질문에 이반 일리치가 대답했다.

⟨9⟩

아내는 밤이 늦어서야 돌아왔다. 그녀는 발뒤꿈치를 들고 들어왔지만 그의 귀에는 그 소리가 들렸다. 그는 눈을 떴다가 서둘러 다시 감았다. 그녀는 게라심을 내보내고 자신이 남편 옆을 지키려고 했다. 그는 눈을 뜨고 말했다.

"됐어. 가도 돼."

"많이 아파요?"

"늘 똑같아."

"아편을 먹어봐요."

그는 동의하고 아편을 마셨다. 아내는 나갔다.

고통스러운 비몽사몽 상태가 새벽 세 시쯤까지 계속되었다. 누군가 자신을 좁고 깊은 검은 색 자루에 처넣고 계속 고통스럽게 밀어 넣는데, 중간에 걸려있는 느낌이 들었다. 이 끔찍한 일은 고통스럽게 진행되었다. 그는 두려우면서도 한편으로는 그 자루 속으로 굴러 떨어지고 싶은 생각도 들었다. 그래서 그는 자기를 밀어 넣는 힘에 저항하다가도 한편으로는 오히려 그것을 도와 몸을 맡겼다. 그러다가 갑자기 몸이 굴러 떨어지면서 정신이 들었다. 게라심은 여전히 침대 발치에 앉아 참을성 있는 모습으로 조용히 졸고 있었다. 이반 일리치 자신은 긴 양말을 신은 앙상한 두 다리를 게라심의 어깨에 올려놓은 채 침대에 누워 있었다. 갓을 씌운 촛불도 그대로였고 끊이지 않는 통증도 그대로였다.

"게라심, 이제 그만 가게." 이반 일리치가 속삭이듯

말했다.

"괜찮습니다. 좀 더 있겠습니다."

"아냐. 가도 돼."

이반 일리치는 발을 내려놓은 후에 한 팔을 베고 옆으로 누웠다. 자신이 불쌍해졌다. 그는 게라심이 옆방으로 갈 때까지 기다렸다가, 더 이상 참지 못하고 어린아이처럼 울기 시작했다. 무기력한 자신의 처지, 지독한 외로움, 사람들의 잔혹함, 신의 잔혹함, 신의 부재(不在)가 서러워서 울었다.

'어째서 내게 이 모든 일들을 행하십니까? 어째서 나를 여기까지 끌고 오셨나요? 어째서, 뭘 위해서 나를 이토록 끔찍하게 괴롭히시는 겁니까?'

그는 대답을 기다리지 않고 울기만 했다. 대답은 없을 것이며 있을 수도 없다는 사실 때문이었다. 다시 통증이 밀려왔지만 그는 몸을 움직이지도, 사람을 부르지도 않았다. 그는 속으로 말했다.

'그래요, 더 해보세요, 더 괴롭게 해보란 말입니다! 하지만 이유는 뭡니까? 내가 당신께 어떤 짓이라도 했나요? 대체 무슨 이유로 나한테 이러는 겁니까?'

그러다가 그는 조용해졌다. 그는 울음뿐만이 아니라 호흡까지 멈추고는 온 정신을 집중했다. 소리만 내는 목소리가 아닌 영혼의 목소리와, 자신의 내부에서 솟아올라오는 생각들의 흐름에 귀를 기울였다.

"너에겐 무엇이 필요하냐?" 그가 들은 것 중에서 말로 표현될 수 있는 첫 번째의 분명한 개념은 이것이었다.

"너에겐 무엇이 필요하냐고? 너에게 필요한 것은 대체 무엇이냐고?" 그는 자신이 들은 것을 반복해서 말해보고 이내 스스로 대답했다.

"대체 무엇이냐고? 고통당하지 않는 것, 그리고 사는 거야."

그러고는 통증조차 잊을 정도로 또다시 온 정신을 바짝 집중했다.

"사는 것? 어떻게 사는 걸 말하는 거니?" 영혼의 목소리가 물었다.

"맞아, 사는 거야. 예전에 살던 대로 행복하고 즐겁게 사는 것 말이야."

"네가 예전에 살던 대로? 행복하고 즐겁게?" 영혼

의 목소리가 물었다.

그는 자신의 즐거웠던 삶 속에서도 최고의 순간들을 상상하듯 떠올려보기 시작했다. 하지만 예전에는 즐겁게 보였던 그 최고의 순간들이 이제는 전혀 그렇지 않게 느껴졌다. 아주 어린 시절의 추억들 말고는 모든 게 그랬다. 어린 시절의 그곳에는, 만일 되찾을 수만 있다면 그것만으로도 살 수 있는 정말로 즐거운 무엇인가가 있었다. 그러나 그런 즐거움을 느꼈던 사람은 이제 더 이상 존재하지 않았다. 그건 마치 어떤 다른 사람의 추억인 것만 같았다.

최종 단계가 현재의 자신일 수밖에 없는 일련의 회상들이 시작되자마자, 그 시절에는 기쁨으로 여겨졌던 모든 것들이 이제 그의 눈앞에서 녹아내리면서 보잘 것 없으며 종종 추악하기까지 한 무언가로 변해가고 있었다.

어린 시절에서 멀어질수록, 현재에 가까워질수록, 기쁨의 자리에는 점점 더 보잘 것 없고도 의심쩍은 것들이 들어섰다. 법률학교 시절부터 그랬다. 그래도 거기에는 진실로 좋은 것들이 아직 약간은 있었다. 유쾌함이 있었고, 우정이 있었고, 희망이 있었다. 그런데 고학년으로 올라갈수록 좋은 순간들은 점점 드물어졌다. 그러다가 현 지사의 사무실에서 첫 근무를 시작하면서부터 좋은 순간들이 다시 찾아왔다. 그건 한 여성에 대한 사랑의 추억이었다. 하지만 그 후로는 모든 것이 뒤죽박죽되었고 좋은 순간들은 더욱 드물어졌다. 이런 식으로 시간이 가면 갈수록 좋은 순간들도 계속 더 줄어들었다.

뜻밖의 결혼…, 환멸, 아내의 입 냄새, 성욕, 가식! 생기 없던 직무, 돈에 대한 걱정, 이런 식으로 1년, 2년, 10년, 20년이 흘렀지만 모든 게 똑같았다. 시간이 갈수록 생기는 더욱 없어졌다. 난 산을 올라가고 있다고 상상했지만 사실은 일정한 속도로 산 밑으로 내려가고 있었던 거야. 실제로 그랬어. 사람들의 눈에는 내가 산을 오르고 있다고 보였겠지만, 사실은 딱 그만큼씩 내 발밑에서 삶이 멀어져가고 있었지…. 그래, 이제 다 끝났어. 그러니까 이젠 죽음뿐이야!

도대체 이게 뭐지? 무엇 때문에? 이럴 수는 없어. 삶이 이렇게 무의미하고 추악하다는 게 말이 되나?

그리고 삶이 정말로 이렇게 추악하고 무의미하다 해도, 도대체 내가 죽어야 하는 이유는 뭐지? 그것도 이처럼 고통스럽게 죽어야 하는 이유가 뭐냔 말이야? 이건 뭔가 잘못된 거야.

'어쩌면 내가 잘못 살아온 게 아닐까?' 그는 갑자기 이런 생각이 들었다. 그는 '하지만 난 해야 할 일들을 하면서 살았을 뿐인데, 도대체 어떻게 그게 잘못된 삶이라는 거야?'라고 생각하며 삶과 죽음의 모든 수수께끼를 풀 수 있는 유일한 해결책인 이 질문의 대답을 곧바로 머릿속으로부터 몰아냈다. 그런 대답이란 존재 불가능하다고 여겼기 때문이다.

'지금 네가 원하는 건 대체 뭐야? 사는 것? 그렇다면 어떻게 사는 것? 〈재판이 시작됩니다!〉라고 교도관이 외치면 삶이 시작되는 법정에서처럼 그렇게 사는 것 말이야?'

"재판이 시작된다, 재판이 시작된다." 그는 혼잣말로 반복해 중얼거렸다.

"그래, 자 여기서도 재판이 시작되었어! 하지만 난 죄가 없다고! 나를 왜 재판하겠다는 거야?" 그는 악에 받쳐 부르짖었다.

그러더니 그는 울음을 그치고 벽 쪽으로 얼굴을 돌려 계속해서 한 가지 생각만을 하고 또 했다.

'왜, 무엇 때문에 내가 이토록 끔찍한 일을 당해야 하는 거지?'

하지만 아무리 생각해도 답을 찾을 수가 없었다. 이렇듯 자신이 잘못 살아서 이런 일이 벌어졌다는 생각이 들 때면, 사실 그런 생각이 들 때가 종종 있기도 했는데, 그는 자신이 항상 올바르게 살았음을 곧바로 떠올리고는 이 이상한 생각을 떨쳐버리곤 했던 것이다.

⟨10⟩

두 주의 시간이 더 흘렀다. 이반 일리치는 이제 더 이상은 소파에서 일어나려 하지 않았다. 침대는 원치 않았기에 소파에만 누워서 지냈다. 그리고 거의 하루 종일 얼굴을 벽 쪽으로 향한 채 해소되지 않는 똑같은 고통에 외롭게 시달렸으며, 역시 해결되지 않는 똑같은 생각에 외롭게 매달렸다. '이게 뭐지? 정말 죽는 건가?' 그러면 내면의 목소리가 대답을 했다. '그래, 맞아!' 그러면 그는 또 물어보았다. '내가 왜 이런 고통을 겪어야 하는 거지?' 그러면 또 내면의 목소리가 대답을 했다. '그냥 그런 거야. 이유 같은 건 없어!' 이 이외의 다른 대답은 더 이상 없었다.

병이 처음 시작되었을 때부터, 이반 일리치가 의사를 처음 찾아갔을 때부터, 그의 삶은 번갈아 나타나는 두 가지의 반대되는 마음 사이를 오갔다. 그 하나는 이해되지 않는 끔찍한 죽음을 기다리는 절망감이었고, 다른 하나는 희망을 가지고 자기 신체의 활동을 의욕적으로 관찰하는 것이었다. 어떨 때는 자신의 의무로부터 이탈한 신장과 맹장만이 눈앞에 떠올랐고, 또 어떨 때는 이해되지도 않고 절대로 벗어날 수도 없는 끔찍한 죽음만이 떠올랐다.

이 두 가지 마음은 발병 첫 시기부터 번갈아가며 나타났다. 하지만 병이 진행될수록 신장에 대한 판단은 점점 더 의심스럽고도 공허한 것이 되어갔으며, 죽음이 다가오고 있다는 의식은 점점 더 현실적이 되어갔다.

자신이 석 달 전에는 어땠고 지금은 어떤지를 비교

해서 떠올리기만 하면, 그리고 자신이 어떻게 차츰차츰 산 밑으로 내려왔는지를 떠올리기만 하면, 모든 희망의 가능성은 무너져버렸다.

얼굴을 소파 등받이로 향하고 누워서 지내온 요즘 이반 일리치는 외로움에 파묻혀 지냈다. 그것은 수많은 사람들로 북적이는 이 도시에서, 그리고 수많은 지인들과 자신의 가족 사이에서 느껴지는 외로움이었다. 그것은 바다 밑바닥에서도, 땅 속에서도, 그 어느 곳에서도 느낄 수 없는 극도의 외로움이었다. 이반 일리치는 이렇듯 끔찍한 고독의 시간을 과거의 일들에 대한 회상 속에서만 보냈다. 지난날의 장면들이 하나씩 꼬리를 물고 눈앞에 떠올랐다. 추억은 항상 가장 최근의 일로부터 시작된 후 머나먼 어린 시절까지 거슬러 올라가 거기에 머물곤 했다. 그 날 식탁에 나온 쪄서 말린 자두가 생각날 땐, 어린 시절 먹었던 쪼글쪼글한 설익은 자두를 떠올리며 한 입 크게 베어 물면 입안 가득히 침이 고이던 그 특별한 맛을 회상했다. 맛에 대한 추억은 유모, 형제, 장난감 등 그 시절의 추억들을 줄줄이 불러일으켰다.

'이 생각은 그만 하자… 너무 고통스러워.' 이반 일리치는 혼잣말을 하며 다시 현실로 이동했다. 소파 등받이의 단추와 염소 가죽의 주름이 눈에 들어왔다. '염소 가죽은 비싸기만 하고 튼튼하지가 않아. 그래서 그것 때문에 말다툼을 한 적도 있었지. 그러고 보니 염소 가죽 때문에 말다툼이 난 적이 또 있었구나. 우리가 염소 가죽으로 만든 아버지의 서류 가방을 찢어서 벌을 받았는데, 그때 어머니가 고기만두를 가져다 주셨지.' 또다시 추억은 어린 시절에 머물렀고 또다시 마음이 아파왔기에, 그는 이 생각을 떨쳐버리고 다른 생각을 떠올리려 애썼다.

그리고 회상이 진행되고 있던 바로 그 지점에서 그의 마음속에는 또다시 다른 종류의 회상이 진행되었다. 병이 어떻게 심해지며 자라났는가에 대한 기억이었다. 이 기억 속에서도 시간이 거슬러 올라갈수록 생명력은 더욱 충만했다. 그 시절에는 삶 속에서 선한 것도 많았고 삶 자체도 더 풍요로웠다.

그런데 두 가지 생각이 섞이기 시작했다.

'고통이 점점 심해지는 것처럼 내 삶도 죄다 점점

나빠졌던 거야.' 그는 생각했다. 삶이 시작되던 먼 옛날에는 하나의 밝은 점이 있었지만, 그것은 시간이 지나면서 점점 어두워졌고 그 속도도 점점 빨라졌다. '죽음으로부터의 거리가 짧아질수록 그것에 다가가는 속도는 이와는 반대로 두 배로 빨라지는구나.' 이반 일리치는 생각했다. 속도가 점점 빨라지며 아래로 떨어지는 돌의 모습이 그의 마음 깊은 곳으로 파고들어왔다. 점증되는 고통의 연속인 그의 삶은 너무도 끔찍한 고통이 기다리고 있는 종말을 향해 점점 더 빠르게 날아가고 있었던 것이다. '나는 빠르게 떨어지고 있는 거야…' 그는 몸을 부르르 떨고 뒤척이면서 저항하려고 했다. 하지만 그는 저항이 불가능하다는 것을 이미 알고 있었다. 앞만 바라보느라 눈이 피곤해져 있었지만 눈앞에 있는 것을 회피할 수는 없었기에 소파의 등받이를 빤히 바라보며 기다렸다. 추락과 충격과 파멸을 기다렸다.

'저항은 불가능해.' 그는 혼잣말을 했다. '하지만 그래도 내가 왜 이런 일을 겪어야 하는지 이유는 알고 싶어. 그런데 그것마저도 불가능해. 내가 제대로 살지 못했다고 말하면 설명이 될지도 모른다. 하지만 그건 인정할 수 없어.' 이반 일리치는 자신이 얼마나 법을 잘 지키며 올바르고 품위 있게 살아왔는지를 떠올리며 혼잣말을 했다.

'이건 도저히 용납할 수 없어.' 그는 입술을 삐죽이며 쓴웃음을 지었다. 누가 보았다면 그가 실제로 웃었다고 잘못 생각할 만한 그런 웃음이었다. '설명할 길이 없어! 고통, 죽음… 도대체 이유가 뭐야?'

〈11〉

이런 식으로 두 주가 흘러갔다. 이 두 주일 동안에 이반 일리치 부부가 바라던 일이 이루어졌다. 뻬뜨리셰프가 정식 청혼을 한 것이다. 그 일은 어느 날 저녁에 일어났다. 다음 날 쁘라스꼬비야 표도로브나는 뻬뜨리셰프의 청혼 사실을 남편에게 어떻게 알릴지 궁리하며 방 안으로 들어왔는데, 바로 그날 새벽 이반 일리치의 상태는 악화되는 쪽으로 변화가 생겨있었다. 쁘라스꼬비야 표도로브나가 들어가 보았더니 남편은 언제나처럼 소파에 누워 있었지만 자세는 달라져 있었다. 그는 천장을 향해 시선을 고정시킨 채 신음을 토하면서 누워 있었다.

그녀는 약에 대해 말하기 시작했다. 그가 아내 쪽으로 눈길을 돌리자 그녀는 시작했던 말을 끝맺지 못하고 입을 다물었다. 그녀를 향한 지독한 증오가 남편의 눈길에 표현되어 있었기 때문이다.

"제발, 편안하게 죽도록 해줘." 이반 일리치가 말했다.

쁘라스꼬비야 표도로브나는 나가려 했으나 마침 딸이 들어와서 인사를 하러 다가왔다. 그는 아내를 보던 것과 같은 눈길로 딸을 쳐다보고는, 건강을 묻는 딸의 질문에 이제 곧 그들 모두를 자유롭게 해주겠다고 싸늘하게 대답했다. 두 사람은 입을 다물고 잠시 앉아 있다가 방을 나갔다.

"대체 우리가 뭘 잘못한 거예요?" 리자가 엄마에게 말했다.

"저렇게 된 게 마치 우리 탓인 것처럼 말하잖아요! 나도 아빠가 불쌍하긴 하지만, 그렇다고 우리를 괴롭힐 건 없잖아요?"

늘 오던 시간에 의사가 왔다. 이반 일리치는 분노에 가득 찬 시선을 그에게서 거두지 않으며 "예"와 "아니요"라고만 대답하더니 결국 이렇게 말했다.

"당신도 알잖소, 이래봤자 아무 도움도 안 돼요. 그러니 날 내버려 두시오."

"고통을 덜어드릴 수는 있습니다." 의사가 대답했다.

"그것도 제대로 못하고 있지 않소. 그냥 내버려두시오."

의사는 응접실로 나가 쁘라스꼬비야 표도로브나에게 환자 상태가 아주 나빠서 통증이 끔찍할 테니 이제 아편으로 통증을 덜어주는 방법밖에는 없다고 알려주었다.

그의 육체적 고통이 심하다는 의사의 말은 사실이었다. 하지만 육체적 고통보다 더 끔찍했던 것은 정신적 고통이었으며 이것이 그를 가장 괴롭히고 있었다.

그의 정신적 고통이란 다음과 같은 것이었다. 사실 그날 새벽 졸음을 참고 있던 게라심의 광대뼈가 두드러진 선량한 얼굴을 바라보다가 그는 문득 이런 생각이 들었다.

'분명한 의식을 가지고 살아왔던 내 삶 전체가 정말로 잘못된 삶이었다면, 그땐 어떻게 해야 하는 거지?'

예전에는 절대 그럴 리 없다고 여겨졌던 것, 즉 자신이 온당치 못한 삶을 살아왔다는 것이 진실일 수도 있다는 생각이 이제는 들었던 것이다. 비록 곧바로 마음속으로부터 떨쳐낸 희미한 충동이긴 했지만, 여하튼 높은 자리에 있는 사람들이 좋다고 여기는 것들에 저항하고 싶은 희미한 충동을 느꼈던 모습만이 진짜일 수 있고 나머지 모든 것은 거짓일 수 있다는 생각이 들었다. 자신의 직무, 삶의 방식, 가족, 사교계와 직장에서의 이해관계, 이 모든 것들이 거짓일 수 있었다. 그는 자신의 눈앞에서 이 모든 것들을 변호하려고 애써보았다. 그러다가 문득 자신이 변호하고 있는 것들이 너무나 취약하다는 느낌이 들었다. 변호할 수 있는 것이 아무 것도 없었다.

그는 현실로 돌아와 생각했다.

'만일 내가 내게 주어진 모든 것을 망쳐놓았다는 게 사실이라면, 그리고 그 점을 알면서도 바로잡지 못하

고 세상을 떠난다면, 그땐 어떻게 해야 하지?'

그는 똑바로 누워 지금까지와는 전혀 다른 새로운 방식으로 자신의 인생 전체를 되짚어 보기 시작했다. 조금 전 아침에 하인을 보았을 때, 이어서 아내, 딸, 의사를 보았을 때 그들이 했던 모든 행동과 그들이 했던 모든 말들은 앞서 새벽에 모습을 나타냈던 끔찍한 진실을 그에게 확인해주었다. 그는 그들에게서 자신의 모습을 보았고, 자신이 살아온 모든 삶의 방식을 보았다. 그리고 이 모든 것들이 진실이 아니며 삶과 죽음을 가려버리는 끔찍하고도 거대한 기만이라는 점도 분명히 보았다. 이러한 깨달음은 그의 육체적 고통을 열 배로 가중시켰다. 그는 신음을 토하며 몸부림치고 옷을 잡아 뜯었다. 옷이 숨통을 조이고 몸을 짓누르는 것 같았다. 그리고 이런 이유 때문에 그는 그들이 또다시 혐오스러워졌다.

그는 상당한 양의 아편을 맞은 후 정신을 잃었다. 하지만 저녁 식사 시간쯤 되자 똑같은 일이 다시 시작되었다. 그는 사람들을 모두 방에서 내쫓고 혼자서 이리저리 몸부림쳤다.

아내가 그에게 와서 말했다.

"쟝, 여보, 날 위해서라도(날 위해서라고?) 그렇게 해 줘요. 해가 될 건 전혀 없고 오히려 종종 도움이 된단 말이에요. 정말 별 거 아니잖아요. 건강한 사람들도 종종 그렇게…."

그가 눈을 휘둥그레 떴다.

"뭐? 병자성사를 받으라고? 뭐 하러? 필요 없어! 하지만 뭐…."

아내가 울음을 터뜨렸다.

"그렇게 할 거죠, 여보? 사제를 모셔올게요. 아주 좋은 분이에요."

"잘 됐군. 아주 좋아." 그가 중얼거렸다.

사제가 도착해서 그의 참회를 들어주자 그는 마음 이 누그러지면서 그간의 의혹과 그것에 따르는 고통 도 완화되는 것 같은 느낌을 받았다. 그는 또다시 맹 장에 대해, 그리고 그것을 고칠 수 있는 가능성에 대 해 생각하기 시작했다. 그는 눈물을 글썽이며 병자성 사를 받았다.

병자성사가 끝나고 자리에 눕자 잠시나마 편안한 느낌이 들고 삶에 대한 희망이 다시 생겨났다, 그는 예전에 권유받았던 수술에 대해서 생각해보기 시작했다. '살고 싶어, 살고 싶다고' 그는 혼잣말을 했다. 아내가 들어와서 병자성사 받은 것을 축하하며 의례적인 몇 마디를 하더니 덧붙였다.

"내 말이 맞죠, 좀 나아졌죠?"

"그래." 그는 아내 쪽을 쳐다보지 않으며 대답했다.

그녀의 옷차림, 몸매, 얼굴 표정, 목소리, 이 모든 것들은 그에게 단 한 가지 사실을 말해주고 있었다.

'잘못된 거야. 네가 지금껏 유지해왔고 지금도 유지하고 있는 삶의 모든 방식은 삶과 죽음을 너로부터 가리는 거짓이고 기만이야.'

이런 생각이 드는 순간 증오심이 피어올랐고 그 증오심과 함께 괴로운 육체적 고통도 다시 시작되었다. 그리고 이 고통과 함께, 피할 수 없는 파멸이 가까이 왔다는 것도 의식되었다. 그러자 무언가 새로운 증상들이 나타났다. 몸이 뒤틀리고 찌르는 듯한 고통이 오더니 숨이 막혀왔다.

"그래"라고 말할 때의 그의 표정은 끔찍했다. 그렇게 말한 후 그는 아내의 얼굴을 똑바로 쳐다보았는데, 그러더니 쇠약해진 몸이라고는 믿기지 않을 정도로 빠른 속도로 몸을 뒤집고는 소리를 질렀다.

"나가, 나가라고, 날 내버려 둬!"

⟨12⟩

그때부터 시작된 이반 일리치의 비명 소리는 사흘 밤낮을 그치지 않고 계속되었다. 그 소리가 어찌나 끔찍하던지 방 세 개가 떨어진 곳에서 들어도 오싹할 지경이었다. 아내에게 대꾸한 순간 그는 자신의 모습이 자취를 감추었으며 돌아갈 방법은 없다는 사실, 그리고 종말, 완전한 종말이 찾아왔지만 의혹은 전혀 해결되지 않은 채 여전히 의혹으로 남아있다는 사실을 알게 되었다.

"아! 아악! 아!" 그는 다양한 높낮이로 비명을 질러댔다. 그는 "죽기 싫어!"라고 소리 지르기 시작했는데, 마지막 음절 '어'에 힘을 주어가며 계속 소리를 질러댔다.

이 사흘 내내 그에게 시간은 존재하지 않았다. 그는 예전의 그 검은 색 자루 속에서 몸부림쳤다. 보이지도 않고 극복할 수도 없는 힘이 그를 자루 속으로 밀어 넣고 있었다. 그는 구원받을 수 없다는 것을 알면서도 사형집행인의 손아귀에서 벗어나려고 애쓰는 사형수처럼 몸부림쳤다. 아무리 기를 쓰며 맞서려고 해도 자신에게 공포감을 주는 대상을 향해 점점 더 가까이 다가가고 있다는 사실을 매순간 느꼈다. 그는 검은 구멍 속으로 빨려 들어가는 것이 고통스러웠지만, 자신이 스스로 그 속으로 기어들어가지 못한다는 것이 더욱 고통스러웠다. 그가 구멍에 완전히 들어가지 못하도록 방해한 것은 자신이 올바르게 살았다는 생각이었다. 자신의 삶에 대한 이러한 정당화가 그를 붙잡고 놓아주지 않았기에 그는 구멍 속으로 더 깊이 들어가지 못했고, 이 점이 무엇보다도 그를 괴롭게 했다.

그런데 갑자기 어떤 힘이 그의 가슴과 옆구리를 때려서 숨 쉬기가 더욱 힘들어졌다. 그는 구멍 속으로 굴러 떨어졌다. 구멍 끝 저쪽에서는 무언가가 빛을 내기 시작했다. 기차를 타고 갈 때 간혹 느꼈던 일이 지금 그에게도 벌어지고 있었다. 기차가 앞쪽 방향으로 가고 있다고 생각하지만 실제로는 뒤쪽 방향으로 가고 있고, 나중에서야 진짜 방향을 갑자기 깨닫게 되는 그런 상황 말이다.

"그래, 모든 게 잘못되었던 거야." 그는 혼잣말을 했다. "하지만 괜찮아. 난 할 수 있어, 올바른 일을 할 수가 있다고. 그런데 올바른 일이라는 게 대체 뭐지?" 그는 자신에게 묻다가 갑자기 입을 다물었다.

이것은 사흘 째 날의 끝 무렵, 그가 죽기 한 시간 전에 일어난 일이었다. 바로 그때 중학생 아들이 숨을 죽이며 아버지 방으로 들어오더니 침대 곁으로 다가왔다. 죽어가고 있던 이반 일리치는 여전히 필사적으로 비명을 지르며 두 팔을 휘젓고 있었다. 그의 한 손이 아들의 머리에 부딪쳤다. 아들은 그 손을 잡아 자신의 입술에 가져다 대더니 울음을 터뜨렸다.

바로 그 순간 이반 일리치는 구멍 속으로 굴러 떨어지면서 한 줄기 빛을 보았다. 그는 자신의 삶이 올바르지 않았다는 사실, 하지만 아직은 바로잡을 수 있다는 사실을 깨달았다.

'올바르다는 것이 대체 뭐지?' 그는 자신에게 질문을 던지고는 입을 다문 채 귀를 기울였다. 그때 누군가가 자신의 손에 입을 맞추는 것이 느껴졌다. 눈을 뜨자 아들이 보였다. 그는 아들이 불쌍해졌다. 아내가 다가왔다. 그는 아내를 쳐다보았다. 그녀는 입을 벌리고 흘러내리는 눈물로 코와 뺨이 범벅이 된 채 절망적인 표정으로 그를 바라보고 있었다. 그는 아내도 불쌍해졌다.

'그래, 내가 저들을 괴롭히고 있는 거야.' 그는 생각했다.

'저들이 불쌍해. 하지만 내가 죽으면 저들도 편해지겠지.' 그는 이렇게 말하고 싶었지만 말을 할 힘이 없었다.

'그런데, 꼭 말로 해야 하나, 몸짓으로 보여주면 되지.' 이렇게 생각한 그는 아내에게 눈짓으로 아들을 가리키고는 말했다.

"데리고 나가…. 불쌍해…. 당신도 불쌍하고…." 그는 "날 용서해 줘"라는 말도 덧붙이고 싶었지만 그만 "날 가게 해 줘"라고 말해버렸다.15) 하지만 고쳐 말할 힘이 없었으므로, 이해할 사람은 이해할 거라고 생각하며 그냥 손을 한 번 저었다.

그러자 그때까지 자신을 괴롭히면서 마음 밖으로 나오지 않던 모든 것들이 갑자기 두 방향, 열 방향, 모든 방향에서 한꺼번에 쏟아져 나오는 것이 분명하게 보였다. 저들이 불쌍하다. 저들이 괴로워하지 않도록 해줘야 해. 저들을 해방시켜주고 나 자신도 이 고통에서 해방되어야 해.

'얼마나 좋아, 얼마나 단순해!' 그는 생각했다. '그런데 통증은?' 그는 자신에게 물었다. '통증은 어디로 간 거지? 이봐, 통증, 넌 어디 있는 거니?'

그는 신경을 집중했다.

'그래, 여기 있구나. 뭐 상관없어, 그냥 여기 있으라고 해.'

'그런데 죽음은? 죽음은 어디 있지?'

그는 이제는 습관처럼 되어버린 죽음에 대한 공포

---

15) 러시아어로 '용서해 줘'에 해당하는 단어는 '쁘라스찌(прости)'이고, '가게 해 줘'에 해당하는 단어는 '쁘라뿌스찌(пропусти)'이다. 이 장면에서 이반 일리치는 정신이 혼미한 상황에서 '쁘라스찌' 대신에 발음이 비슷한 '쁘라뿌스찌'를 잘못 입 밖에 낸 것이다.

를 찾아보았지만 발견하지 못했다. 죽음은 어디 있지? 그런데 어떤 죽음인 거야? 아무 공포도 없었다. 죽음 자체가 없었기 때문이다.

죽음 대신에 빛이 있었다.

"바로 이거야!" 그가 갑자기 큰 소리로 말했다. "정말 기쁘다!"

그에게 이 모든 것은 한 순간에 일어났고 그 의미는 더 이상 변하지 않았다. 하지만 곁에 있던 사람들 눈에는 죽음의 고통이 두 시간이나 더 계속되는 것으로 보였다. 그의 가슴 속에서 뭔가 부글거리는 소리가 났고 메마른 몸은 부르르 떨렸다. 그러더니 가슴 속 부글거리는 소리와 쌕쌕거리는 숨소리가 점차로 잦아들었다.

"끝났습니다." 누군가 그를 내려다보며 말했다. 이반 일리치는 이 말을 듣고 마음속으로 되뇌었다.

'끝난 건 죽음이야.' 그는 마음속으로 말했다. '죽음은 더 이상 없다고.'

마지막 호흡이 중간에서 멈춘 후, 그는 몸을 쭉 뻗고 숨을 거두었다.

무도회가 끝난 뒤

단편 소설

"지금 여러분은 인간은 무엇이 선이고 무엇이 악인지 스스로 분별해내지 못한다, 모든 것은 환경에 달려 있다, 환경이 인간을 압도한다, 이런 말들을 하시는군요. 하지만 난 모든 건 우연에 달려 있다고 생각합니다. 자, 내 경우를 예로 들어 말해보죠."

모두의 존경을 받는 이반 바실리예비치가 이렇게 말문을 열었다. 개인의 완성을 위해서는 우선 사람들이 살고 있는 환경을 변화시켜야만 한다는 주제로 우리들 사이에서 대화가 오고 간 후의 일이었다. 사실 그 대화에서 인간이 선과 악을 분별할 힘이 없다고 대놓고 말한 사람은 아무도 없었다. 하지만 이반 바실리예비치는 대화 도중에 떠오른 자신의 생각들에 스스로 답하고 한편으로는 자신의 삶에서 이와 관련된 일화들을 이야기해주는 버릇이 있었다. 그는 이야기에 너무 몰입한 나머지 자신이 왜 그 이야기를 시작했는지 까맣게 잊어버리는 경우도 종종 있었지만, 그럼에도 불구하고 그의 태도는 매우 진지하고 정직했다.

이때도 그는 그런 식으로 얘기를 했다.

"내 경우를 얘기해드리죠. 내 인생은 앞서 말한바 그대로, 즉 환경이 아닌 전혀 다른 것에 의해서 결정되었습니다."

"그게 뭡니까?"

"아, 이건 긴 이야기에요. 여러분이 이해하게 하려면 많은 말을 해야 합니다."

"그래도 얘기해주세요."

이반 바실리예비치는 잠시 생각에 잠기더니 고개를 가로저었다.

"그래요. 내 인생은 하룻밤, 아니 보다 정확하게는 하루아침으로 인해 바뀌었지요."

"대체 무슨 일이 있었는데요?"

"난 그때 사랑에 푹 빠져 있었어요. 사랑에 빠진 적이 많기는 했지만, 그때는 그 중에서도 가장 강렬한 사랑이었어요. 이미 지나간 옛 일이고, 지금 그 여성은 결혼한 딸들까지 있지요. 그녀의 이름은 바렌까였어요. 그래요, 바렌까 Б….." 이반 바실리예비치는 Б라는 글자로 시작하는 그녀의 성을 말했다.

"그녀는 쉰 살이 되었을 때도 빼어난 미모를 유지하고 있더군요. 하지만 열여덟 살로 젊었던 그때는 정말 매혹적이었습니다. 훤칠한 키에 날씬한 몸매였고, 우아한데다가 당당하기까지 했어요. 정말 당당했지요. 그녀는 항상 머리를 약간 뒤로 젖힌 상태에서, 다른 자세는 전혀 모르는 것처럼 몸을 유달리 곧추 세운 자세로 다녔지요. 그녀는 뼈가 보일 정도로 마른 몸이었음에도 불구하고, 이런 자세가 미모와 큰 키에 합쳐지니 여왕 같은 분위기를 자아냈지요. 그녀의 입가와 매력적으로 반짝이는 눈가에는 항상 다정하면서도 명랑한 미소가 어려 있었고 그 분위기가 사랑스러운 젊은 몸 전체에까지 흐르고 있었는데, 이런 미소가 없었다면 그녀의 당당한 자세가 사람들을 움찔하게 만들었을 겁니다."

"이반 바실리예비치는 정말 묘사를 잘 하시는군요."

"아무리 묘사를 하더라도 그녀가 어떤 여성이었는지를 여러분이 이해하도록 그려내는 것은 불가능합니다. 하지만 중요한 건 그게 아닙니다. 내가 지금부터 하려는 얘기는 1840년대에 있었던 일입니다. 당시 나는 지방에서 대학을 다니고 있었습니다. 이게 좋은 건지 나쁜 건지 모르겠지만, 당시 내가 다니던 대학에는 동아리니 유행하는 이론이니 하는 것은 전혀 없었습니다. 우리는 그저 젊었기에 청춘이 항상 그러하듯 공부도 하고 놀기도 하면서 지냈지요. 나는 명랑하고 활달한 젊은이였어요. 게다가 부유하기까지 했지요. 고른 박자로 발을 내딛는 멋진 말도 있었고, 아가씨들과 썰매를 타고 산에서 미끄러져 내려오기도 했고(그때는 스케이트가 아직 유행이 아니었습니다), 친구들과 술을 마시며 흥청거리기도 했지요(그때 우린 샴페인 말고 다른 건 마시지 않았어요. 돈이 없을 땐 마시지 않았지만, 마실 때가 되어도 요새처럼 보드카를 마시지는 않았습니다). 그런데 내가 가장 즐겨했던 일은 파티와 무도회에 다니는 것이었습니다. 춤도 잘 쳤고 외모도 봐줄 만은 했으니까요."

"아니, 그렇게 겸손하실 필요는 없어요." 이야기를 듣던 부인들 중 하나가 끼어들었다. "우린 당신의 은판 사진을 본 적이 있답니다. 봐줄 만한 정도가 아니라 미남이시더군요."

"그럼 미남이라고 해 두죠. 그건 중요하지 않잖아요. 중요한 건, 그녀를 향한 내 사랑이 가장 뜨거웠을 무렵인 마슬레니짜[1] 축제의 마지막 날에 내가 그 지역 귀족 대표인 어느 선량한 노인이 주최한 무도회에 참석했다는 겁니다. 그는 황실의 시종을 지내기도 했으며 손님 접대를 좋아하는 부유한 사람이었지요. 그와 마찬가지로 선량해 보이는 그의 부인이 적갈색 드레스를 입고 손님들을 맞이했는데, 머리에는 다이아몬드로 만든 왕관 모양의 장신구를 쓰고 있었고, 마치 옐리자베따 뻬뜨로브나[2] 여제의 초상화에서처럼 늙

---

1) 러시아 정교회의 축제이자 민속 축제로서, 사순절 시작 직전에 겨울을 떠나보내고 봄이 시작됨을 기념하며 1주일 동안 즐기는 축제.
2) 러시아 로마노프 황조의 6대 황제인 여성 황제로서 1741년부터 1761년까지 통치하였음.

고 통통한 하얀 어깨와 가슴을 드러내고 있었죠. 무도회는 대단했어요. 홀은 멋졌고, 음악애호가인 지주의 농노들로 구성되어서 당시에 유명세가 있던 합창단과 악사들까지 갖춰져 있었지요. 차려놓은 음식도 훌륭했고 샴페인은 강물처럼 흘러넘쳤지요. 나는 샴페인 애호가였지만 그날은 마시지 않았습니다. 술이 아니더라도 사랑에 취해있었기 때문이지요.

대신 쓰러질 지경까지 춤을 추었지요. 카드리유도 추고, 왈츠도 추고, 폴카도 추었는데, 물론 기회가 닿는 한 모두 바렌까와 추었습니다. 그녀는 장밋빛 허리띠가 달린 흰색 드레스를 입고 있었고, 새끼염소 가죽으로 만든 흰색 장갑을 뾰족하고 마른 팔꿈치에 약간 못 미치는 곳까지 당겨서 끼고 있었으며, 공단으로 만든 흰색 단화를 신고 있었지요. 그런데 나는 마주르카 춤을 아니시모프라는 아주 혐오스러운 기술자 녀석에게 선수를 빼앗기고 말았습니다. 나는 아직까지도 이 일에 대해 그 녀석을 용서할 수 없습니다. 그녀가 홀에 들어오자마자 그 녀석이 마주르카를 청했는데, 그 사이 나는 장갑을 구하러 미용사에게 들렀다가 그만 늦게 돌아오게 되었던 거지요. 그래서 난 마주르카를 바렌까가 아닌 한 독일 아가씨와 추게 되었는데, 그 아가씨는 내가 그전에 잠시 따라다닌 일이 있던 여자였습니다. 그날 저녁 나는 그 아가씨에게 매우 무례했던 것 같습니다. 나는 그 아가씨와 거의 말을 하지 않았고 쳐다보지도 않았습니다. 그 대신 장밋빛 허리띠가 달린 흰색 드레스를 입은 흰칠하고도 날씬한 몸매, 보조개가 파이고 홍조를 띤 채 빛나는 얼굴, 다정하고도 사랑스러운 바렌까의 눈만이 내 눈에 들어왔지요. 나 혼자만이 아니라 모두가 그녀를 바라보며 감탄했습니다. 그녀로 인해 자신들의 빛이 바랬음에도 불구하고 남자 여자 할 것 없이 모두가 감탄했습니다. 감탄하지 않을 수가 없었던 거지요.

말하자면, 나는 규칙상 그녀가 아닌 다른 파트너와 춤을 추었지만, 실제로는 거의 계속해서 그녀와 춤을 춘 셈이었습니다. 그녀가 난처해하는 기색도 없이 홀을 가로질러서 내가 있는 쪽으로 똑바로 다가올 때면 나는 그녀가 누군가에게 춤을 청할 때를 기다리지도 않고 먼저 자리에서 벌떡 일어나곤 했습니다. 그럴 때면 그녀는 미소를 지으며 나의 눈치 빠른 행동에 감사의 뜻을 표했지요. 다른 남자와 함께 그녀 앞에 서게 되었을 때 그녀가 나의 자질을 몰라보고 내가 아닌 다른 남자의 손을 잡은 적도 있었는데, 그럴 때면 그녀는 유감과 위로의 미소를 내게 보내며 야윈 어깨를 으쓱하곤 했지요. 왈츠 음악에 맞춰 마주르카 대형으로 춤을 출 때마다 나는 그녀와 오랫동안 왈츠를 출 수 있었습니다. 그러면 그녀는 가쁜 숨을 몰아쉬며 미소를 지은 채 내게 Encore(앙코르)라고 말하곤 했지요. 나는 그렇게 그녀와 왈츠를 추고 또 추었습니다. 내 자신의 육체를 느끼지 못할 정도였지요."

"아니, 어떻게 느끼지 못하셨죠? 내 생각엔, 당신이 그녀의 허리를 안고 있을 때 자신의 육체만이 아니라 그녀의 육체도 아주 잘 느꼈을 것 같은데요." 손님들 중 한 사람이 말했다.

이반 바실리예비치는 갑자기 얼굴을 붉히더니 화가 나서 거의 소리를 지르듯 말했다.

"그래요, 당신 같은 요즘 젊은이들은 그렇게 말하겠지요. 당신들은 육체 말고는 아무 것도 보질 못하니 말이요. 우리 때는 그렇지 않았소. 사랑이 깊어질수록 나에게 그녀는 점점 더 비육체적인 존재가 되어갔소. 지금 당신들은 다리니 복사뼈니 하는 것들을 보면서 자신이 사랑하는 여인의 옷을 벗기지만, 내게 사랑의 대상은, 훌륭한 작가 알퐁스 카르[3]가 말했듯이, 항상 청동의 옷을 입고 있었소. 우리는 옷을 벗긴 게 아니라, 노아의 착한 아들이 그랬듯이 알몸을 덮어주기 위해서 애썼소. 뭐, 당신들은 절대 이해 못하겠지만…."

"저 사람 말은 신경 쓰지 마세요. 그래서 그 다음엔 어떻게 되었나요?" 우리 중 한 사람이 말했다.

"그래요. 그렇게 난 대부분의 시간을 그녀와 춤을 추면서 시간이 어떻게 흘러갔는지도 몰랐죠. 아시다시피, 무도회가 끝날 무렵엔 으레 그렇듯 악사들도 지칠 대로 지쳐서 마주르카의 똑같은 모티브만 계속 연주하고 있었지요. 응접실의 부모들은 야참이 나오기를 기대하며 이미 카드 테이블에서 몸을 일으킨 상태였고 하인들은 음식을 나르느라 부산스럽게 왔다 갔

---

3) 알퐁스 카르(Alphonse Karr, 1808~1890): 프랑스의 비평가이자 저널리스트, 소설가였던 인물.

다 하고 있었습니다. 시간은 새벽 두 시가 넘어가고 있었습니다. 야참이 차려질 때까지 마지막으로 남은 순간들을 이용해야 했습니다. 나는 또다시 그녀를 택했고 우리는 벌써 몇 번째인지도 모를 춤을 추며 홀을 돌았습니다."

〈 "야참 후 카드리유 때도 파트너가 되어주시겠죠?" 그녀를 자리로 데려다주며 내가 물었습니다.[4]

"물론이죠. 그때까지 저를 집에 데려가지만 않는다면." 그녀가 미소를 지으며 말했습니다.

"제가 내드리지 않을 겁니다." 내가 말했습니다.

"어쨌든 부채는 주셔야죠." 그녀가 말했습니다.

"돌려드리기가 아쉬운데요." 값싼 흰색 부채를 그녀에게 돌려주며 내가 말했습니다.

"그럼 당신이 아쉬워하지 않도록 이걸 드릴게요." 그녀는 이렇게 말하더니 부채에서 작은 깃털 하나를

---

4) 여기서부터 작품의 거의 마지막 부분까지는 이반 바실리예비치와 좌중의 대화가 아닌, 과거의 일에 대한 이반 바실리예비치의 회상 속에서 그가 바렌카 혹은 여타 인물들과 나누었던 대화로만 구성된다. 앞뒤 부분들과의 구별을 위해 이 부분을 〈 〉로 표시한다.

뽑아서 내게 주었습니다.

나는 깃털을 받아 들고는 그저 눈길로만 나의 모든 환희와 감사의 마음을 표현했습니다. 나는 즐겁고 만족한 정도를 넘어, 행복했고 축복받은 느낌까지 들었어요. 내가 선해지면서 내가 나 아닌 다른 존재가 되는 것 같았지요. 악이 무엇인지도 모르고 오직 선한 일만 행할 줄 아는 천상의 어떤 존재가 된 듯한 느낌 말입니다. 나는 깃털을 장갑 안에 숨겨 넣고는, 그녀로부터 멀어질 힘이 없어 그대로 서 있었습니다.

"저기 보세요. 사람들이 아빠에게 춤을 청하고 있어요."

키가 크고 풍채가 좋은 자기 아버지를 가리키며 그녀가 말했습니다. 대령인 그녀의 아버지는 은빛 견장을 어깨에 단 채 여주인과 다른 부인들과 함께 문가에 서 있었습니다.

"바렌까, 이리 와 봐요."

머리에 다이아몬드로 만든 왕관 모양의 장신구를 쓰고 옐리자베따 뻬뜨로브나 여제처럼 어깨를 드러낸 여주인의 목소리가 들렸습니다.

바렌까는 문 쪽으로 갔고 나도 그녀 뒤를 따라갔습니다.

"Ma chère(친애하는) 바렌까, 아버지가 당신이랑 춤한 번 추시도록 설득 좀 해봐요. 자, 뾰뜨르 블라지슬라비치, 부탁해요!" 여주인이 대령 쪽으로 몸을 돌리며 말했습니다.

바렌까의 아버지는 매우 잘 생기고 풍채가 당당하며 키가 크고 나이에 비해 젊어 보이는 노인이었습니다. 얼굴은 발그스레하게 혈색이 좋았고, 니꼴라이 1세[5]처럼 곱슬곱슬한 흰 색 콧수염을 기르고 있었는데, 역시 흰 색의 구레나룻은 콧수염과 연결되어 있었고 관자놀이 부근의 머리카락들은 앞쪽으로 잘 빗겨놓았더군요. 빛나는 눈과 입술에 머금은 다정하고도 행복한 미소는 딸과 똑같았습니다. 그는 체격이 아주 좋았습니다. 소박하게 장식된 훈장들을 몇 개 단 넓은 가슴은 군인답게 앞쪽으로 불룩 나와 있었고, 강인한 어깨와 길고 곧게 뻗은 다리도 눈에 띄었어요. 그는

---

[5] 러시아 로마노프 황조의 11번째 황제로서 1825년부터 1855년까지 통치하였음.

니꼴라이 1세 시대의 경험 많은 노(老) 사령관의 분위기를 자아내고 있었습니다.

우리가 문가로 다가가자 대령은 춤추는 법을 잊었다고 말하며 사양을 했지만, 어쨌든 얼굴에 웃음기를 띠고 오른손을 왼쪽으로 뻗어 칼집에서 장검을 꺼낸 뒤 시중드는 젊은이에게 건네주었습니다. 그는 "모든 건 규칙대로 해야겠지"라는 말과 함께 미소를 지으며 사슴가죽 장갑을 오른손에 꽉 낀 후, 딸의 손을 잡고는 음악이 시작되기를 기다리며 4분의 1바퀴를 회전했습니다.

이윽고 마주르카 음악이 시작되자 그는 마룻바닥을 한 쪽 발로 날렵하게 탁 찬 후에 다른 한 발을 앞으로 쭉 내밀었습니다. 훤칠하고 육중한 그의 몸이 홀을 돌며 미끄러져 갔습니다. 어느 때는 조용하고도 유연하게, 또 어느 때는 시끄럽고도 격렬하게, 발뒤꿈치를 마룻바닥에 구르거나 혹은 발을 서로 부딪쳐가며 그렇게 미끄러져 갔지요. 우아한 바렌까도 하얀 공단 신발 속의 자그마한 발로 스텝을 짧게 혹은 길게 맞추면서 아버지 곁에서 고요하게 미끄러져 나갔습니다.

홀 안의 모든 사람들이 이 한 쌍의 움직임을 지켜보았습니다. 나 역시 감탄을 넘어 벅차오르는 감동 속에 그들을 바라보았지요. 나에게 특히 감동을 준 것은 그의 부츠였습니다. 벗겨지지 않게 바지 끝단의 끈으로 묶어 놓은 그의 부츠는 송아지 가죽으로 만든 훌륭한 것이었지만, 앞부분은 당시 유행하던 뾰족한 형태가 아닌 사각형 형태였고 발뒤축도 없는 오래된 부츠였습니다. 대대에 속한 수선공이 만든 것임이 분명했지요. '사랑하는 딸을 잘 차려 입혀 사교계에 내보내기 위해 자신은 최신 유행 부츠를 사는 대신에 수선공이 만든 부츠를 신고 다니는구나.'라는 생각이 드니 그 부츠의 사각형 앞코가 내게 특히 감동을 주었습니다.

한창 때는 그도 멋지게 추었겠지만 몸이 무거워진 이제는 그가 밟고자 애쓰는 아름답고도 빠른 스텝을 따라가기에는 다리가 충분히 유연하지 않다는 것이 보였습니다. 그래도 솜씨 좋게 홀을 두 바퀴 돌더군요. 춤 마지막 부분에서, 그는 두 다리를 재빨리 벌렸다가 다시 모은 후 다소 힘에 부쳐하면서 한쪽 무릎을 꿇고 앉는 동작을 취했는데, 그녀는 아버지가 잡았던 드레스 옷자락을 바로잡으며 미소를 잃지 않은 채 아버지 주위를 유연하게 한 바퀴 돌았습니다. 모두가 우레와 같은 박수를 보냈습니다. 그는 다소 힘겹게 몸을 일으킨 뒤 사랑하는 마음을 담아 딸의 얼굴을 부드럽게 감싸준 후 이마에 입을 맞추었습니다. 그러고는 내가 그녀와 춤을 출 거라고 생각했는지 그녀를 나에게 데려왔습니다. 나는 마주르카에서 그녀의 파트너는 내가 아니라고 말했지요.

"아, 난 괜찮네. 이제는 자네가 내 딸과 추도록 하게." 대령은 다정한 미소를 띠고 칼집에 칼을 꽂아 넣으며 말했습니다.

병 속에서 한 방울만 흘러나오면 그 속의 내용물 모두가 계속 콸콸 쏟아져 나오는 것처럼, 바렌까를 향한 나의 사랑이 내 마음속에 숨겨져 있던 사랑의 모든 능력을 해방시켜 주었습니다. 그때 나는 사랑으로 온 세상을 껴안았습니다. 나는 왕관 모양의 장신구를 쓰고 옐리자베따 여제처럼 가슴을 드러낸 여주인, 그녀의 남편, 손님들, 하인들, 심지어 내게 성을 내고 있던 기술자 아니시모프에게도 사랑의 감정을 느꼈습니다. 수제 부츠를 신고 바렌까를 닮은 다정한 미소를 지닌 그녀의 아버지에 대해서는 환희에 가까운 따뜻한 감정까지 느껴졌습니다.

마주르카가 끝나자 주인 내외는 손님들에게 야참을 들도록 권했지만, 대령은 다음 날 아침 일찍 일어나야 할 일이 있다고 말하며 작별을 고했습니다. 나는 바렌까도 데려가는 줄 알고 깜짝 놀랐지만, 그녀는 어머니와 함께 남았습니다.

야참을 마치고 나는 그녀와 약속해두었던 카드리유를 추었습니다. 이미 무한히 행복했지만 그래도 나의 사랑은 점점 더 커져갔지요. 우리는 사랑이란 말은 입 밖에 내지 않았습니다. 나는 그녀가 나를 사랑하는지 그녀에게, 심지어 나 자신에게조차 묻지 않았습니다. 내가 그녀를 사랑한다는 사실만으로도 충분했지요. 단 하나, 혹시 무언가가 나의 행복을 망치지나 않을까 하는 점만 걱정스러웠습니다.

나는 집으로 돌아와 옷을 벗은 후 잠을 자야겠다고 생각했지만, 잠들기가 완전히 불가능하다는 것을 깨달았습니다. 내 손에는 바렌까의 부채에서 나온 깃털과 그녀가 사륜마차를 타고 떠날 때 내게 준 장갑 한 쪽이 있었습니다. 내가 그녀와 그녀의 어머니를 마차에 태울 때 받은 장갑이었지요. 그 물건들을 쳐다보자, 눈을 감지 않아도 내 앞에 아까의 그녀 모습이 떠올랐습니다. 그녀가 두 명의 파트너 중에서 하나를 선택해야 하는 순간 나의 자질을 추측하면서 "당신은 자존심 강한 분이군요? 그렇지요?"라고 사랑스럽게 말하며 기쁜 얼굴로 내게 손을 내밀던 모습이 떠올랐습니다. 야참을 먹을 때 나의 샴페인 잔에 살짝 입을 댄 후 약간 찡그리면서도 다정한 눈길을 내게 던지던 모습도 떠올랐지요. 하지만 무엇보다도 생생하게 떠올랐던 것은, 아버지와 쌍을 이루어 유유히 춤추던 그녀의 모습이었습니다. 그녀는 감탄하는 좌중을 바라보며 자신과 아버지에 대한 자부심과 기쁨의 표정을 얼굴에 담은 채 춤을 추고 있었지요. 그녀와 그녀 아버지의 모습은 내 마음속에서 어느덧 하나로 결합되면서 부드러운 감동을 주었습니다.

그 당시 나는 지금은 고인이 된 형과 함께 살고 있었습니다. 형은 사교계를 전혀 좋아하지 않았기에 무도회에는 발걸음을 하지 않았습니다. 게다가 당시 박사 학위 시험 준비를 하면서 아주 규칙적인 생활을 하고 있었지요. 형은 자고 있었습니다. 얼굴을 베개에 파묻고 플란넬 이불로 반쯤 덮어쓰기까지 한 형을 보니까 애정과 함께 측은함이 느껴졌습니다. 내가 느끼는 행복을 형이 알지도 못하고 함께 나눌 수도 없다는 사실이 측은했던 것이죠. 농노 하인 뻬뜨루샤가 촛불을 들고 나를 맞이한 후에 옷을 벗는 것을 도와주려 했지만, 나는 그를 그냥 보냈습니다. 그의 잠이 덜 깬 얼굴과 헝클어진 머리카락이 정말 감동적으로 느껴지더군요. 나는 소리를 내지 않으려고 애쓰며 발끝으로 살금살금 걸어서 내 방으로 건너간 다음에 침대에 걸터앉았습니다. 하지만 잠이 안 오더군요. 너무 행복했기 때문이지요. 게다가 불을 많이 땐 방이 너무 더웠기에, 나는 제복을 벗지 않고 조용히 현관으로 나와 외투를 걸치고 거리로 나갔습니다.

새벽 네 시가 지난 시간에 무도회에서 나왔고, 그후 집에 오고 잠시 머물기까지 하는 동안 두 시간 가량이 더 지났기에, 밖에 나갔을 때는 벌써 날이 밝아오고 있었지요. 정말 마슬레니짜 축제 기간다운 날씨였어요. 안개가 껴 있었는데, 물기를 푹 머금은 눈은 길 위에서 녹고 있었고 지붕에서는 물방울이 떨어지고 있었습니다. 당시 바렌까의 가족은 도시 끝자락의 넓은 들판 근처에 살고 있었는데, 그 들판의 한쪽 끝에는 연병장이 있었고 다른 쪽 끝에는 여자 대학교가 있었습니다. 나는 인적이 드문 좁은 길을 통과해 큰 길로 나왔습니다. 큰 길에는 사람들이 지나다니고 있었고 한쪽으로는 장작을 가득 실은 썰매 짐마차들이 포장도로까지 이어진 미끄럼대 위를 굴러가고 있었습니다. 번들거리는 멍에를 매고 축축한 머리를 규칙적으로 흔들며 가는 말들, 짐마차 주위에서 거적을 뒤집어 쓴 채 큼직한 장화를 철벅거리며 걷는 마부들, 안개 속에서 높이 솟은 듯한 거리의 집들, 이 모든 것들이 내겐 유달리 사랑스럽고 의미심장하게 느껴졌습니다.

그들의 집이 있는 들판으로 나왔을 때 들판의 한쪽 끝인 연병장 쪽에서 뭔가 커다랗고 시커먼 것이 보였습니다. 거기로부터 피리와 북소리도 들려오더군요.

그때 내 마음속에선 줄곧 노래가 흐르고 있었고 때때로 마주르카의 선율도 들려오고 있었습니다. 하지만 연병장 쪽의 소리는 그것과는 뭔가 다른, 딱딱하고도 꺼림칙한 음악이었습니다.

'저건 대체 뭐지?' 문득 이런 생각이 든 나는 사람들이 많이 다녀 만들어진 들판 가운데의 미끄러운 길을 통해 소리가 나는 쪽으로 발걸음을 옮겼습니다. 백 걸음쯤 갔더니 안개 속에 검은 옷을 입은 많은 사람들이 있는 것을 알아볼 수 있었습니다. 그들은 분명히 병사들이었습니다.

'훈련인가보군.' 이렇게 생각한 나는 기름때 묻은 반코트와 앞치마를 두르고 나보다 앞 쪽에서 뭔가를 나르고 있던 대장장이와 함께 가까이 다가가 보았습니다. 검은 군복을 입은 병사들이 다리에 소총을 기대어 잡고 2열을 지어 서로를 마주보며 미동도 않고 서 있었습니다. 그들 뒤쪽에서 군악대 병사들이 날카롭고도 불쾌한 멜로디를 끊임없이 반복해 연주하고 있었습니다.

"저 사람들이 지금 뭐하고 있는 겁니까?" 나는 내

곁에 멈춰 선 대장장이에게 물었습니다.

"도망치려던 따따르 출신 병사를 붙잡아서 몰아대고 있는 중이오." 멀리 병사들 대열의 맨 끝을 바라보며 대장장이가 화난 목소리로 말했습니다.

나도 그쪽을 바라보기 시작했는데, 2열의 가운데로 뭔가 섬뜩한 것이 내 쪽으로 가까이 오는 게 보였습니다. 그것은 허리까지 옷이 벗겨진 상태에서 두 병사의 소총에 끈으로 묶인 채 끌려오고 있는 사람이었습니다. 그의 곁에는 외투를 입고 챙 달린 모자를 쓴, 왠지 낯익은 모습의 키 큰 장교가 걸어오고 있었습니다. 죄인은 양 쪽에서 쏟아지는 매질에 온몸을 부들부들 떨며, 질척한 눈길에 발을 철벅거리면서 내 쪽으로 느릿느릿 걸어오고 있었습니다. 소총에 그를 묶어서 끌고 오고 있던 하사관들은 그가 뒤로 넘어지려 하면 앞으로 떠밀었고, 앞으로 넘어지려 하면 뒤로 잡아당겨서 넘어지지 못하게 만들었습니다. 키 큰 장교는 죄인으로부터 가까운 위치에서 단호하고도 신경질적인 걸음걸이로 따라오고 있었죠. 그건 다름 아닌 그녀의 아버지, 혈색 좋은 발그스레한 얼굴에 흰 콧수염과 구레나룻을 기른 그 사람이었습니다.

죄인은 매질을 당할 때마다 깜짝 놀란 듯 고통으로
일그러진 얼굴을 매질하는 쪽으로 돌렸고 하얀 치아
를 드러내며 계속해서 뭔가 같은 말을 반복했습니다.
그가 내가 있는 곳으로 바싹 다가왔을 때야 비로소
그 말을 알아들을 수 있었습니다. 그건 말이 아니라
차라리 흐느낌이었습니다. "형제들, 자비를 베풀어주
시오! 형제들, 자비를!" 하지만 형제들은 자비를 베풀
지 않았습니다. 행렬이 바로 내 앞까지 왔을 때, 내
맞은편에 서 있던 병사가 단호하게 한 걸음 앞으로
나오더니 휙 소리가 나게 몽둥이를 들어 올린 뒤 따
따르 남자의 등짝을 힘껏 후려갈겼습니다. 따따르 남
자는 경련을 일으키며 앞으로 고꾸라지려 했지만 하
사관들이 그를 끌어당겼고, 그러자 똑같은 매질이 다
른 쪽으로부터 날아왔어요. 이런 식으로 이쪽저쪽에
서 매질이 계속 됐습니다. 대령은 옆에서 걷고 있었는
데, 자기 발밑을 내려다보기도 하고 죄인을 바라보기
도 하면서 한편으로는 두 뺨을 부풀리며 한껏 공기를
들이마셨다가 불룩 내민 입술 사이로 천천히 토해내

는 행동도 반복했습니다. 행렬이 내가 서 있던 자리 옆을 지나갈 때 병사들의 대열 사이로 죄인의 등이 얼핏 보이더군요. 그건 얼룩덜룩하고, 축축하고, 시뻘 겋고, 부자연스러운, 뭔가 인간의 몸이라고는 믿을 수 없는 것이었습니다.

"아이고 세상에." 내 옆에 있던 대장장이가 중얼거 렸습니다.

행렬은 멀어져가기 시작했지만, 고통에 몸부림치 며 넘어질듯 비틀거리며 걷고 있는 사람을 향해 양쪽 에서 쏟아지는 매질은 멈출 줄 몰랐고, 북소리와 피리 소리도 여전했습니다. 키 크고 풍채가 좋은 대령 역시 죄인 옆에서 단호한 걸음걸이로 이동하고 있었습니 다. 그런데 대령이 갑자기 멈추더니 병사들 중 한 명 에게로 빠른 속도로 다가가더군요. 그의 분노한 목소 리가 들렸습니다.

"내가 널 좀 만져주마. 계속 그런 식으로 살살 할 거냐? 그럴 거야?"

그러더니 그는 사슴가죽 장갑을 낀 힘센 손으로 겁 에 질린 왜소하고 힘없는 병사의 얼굴을 때렸습니다.

그 병사가 따따르 남자의 새빨간 등짝을 몽둥이로 내려칠 때 충분히 힘을 가하지 않았다는 이유에서였지요.

"새 몽둥이를 가져와!" 그는 이렇게 소리를 질렀는데, 주위를 둘러보다가 그만 나와 눈이 마주쳤습니다. 그는 나를 모르는 척 하더니, 험악하고도 화난 표정으로 얼굴을 찡그리며 황급히 고개를 돌려버렸습니다. 나는 너무 창피해서 어디를 봐야할지 모를 지경이었습니다. 마치 내 스스로 아주 수치스러운 짓을 하다가 들킨 것 같은 느낌이었어요. 나는 눈을 내리깔고는 서둘러 그 자리를 떠나 집으로 향했습니다. 집으로 가는 길 내내 나의 귓전에는 둥둥거리는 북소리와 삑삑거리는 피리소리, "형제들, 자비를 베풀어 주시오"라는 따따르 남자의 목소리, "계속 그런 식으로 살살 할 거냐? 그럴 거야?"라는 자신만만하고도 분노에 찬 대령의 목소리가 번갈아 들려왔습니다. 그러는 동안 가슴 속에서는 거의 구토가 나올 정도로 육체적인 우울함이 쌓여 가서 중간에 몇 번을 멈춰서기까지 했습니다. 그 광경을 보면서 마음속에 생긴 경악스러움이 당장이라도 구토물이 되어 쏟아져 나올 것 같은 느낌이었죠. 어떻게 집에까지 와서 자리에 누웠는지도 기억이 나지 않습니다. 하지만 막 잠이 들려고 하자 또다시 그 모든 게 귀에 들리고 눈앞에 나타나는 바람에 자리에서 벌떡 일어나고 말았습니다. 나는 대령에 대해 생각해보았습니다.

'그는 분명히 내가 모르는 무언가를 알고 있을 거야. 그가 알고 있는 것을 나도 알게 된다면 아까 본 것을 나도 이해할 수 있을 것이고, 그렇게만 된다면 이렇게 괴롭진 않을 텐데.'

하지만 아무리 생각해보아도 대령이 알고 있는 것이 무엇인지 이해할 수 없었기에, 친구를 찾아가 떡이 되도록 술을 퍼마신 다음에야 저녁 무렵 잠이 들 수 있었습니다. 〉

"혹시 여러분은 내가 당시에 목격한 이 일을 그때 바로 추악한 사건으로 결론지었을 거라고 생각하시나요? 전혀 그렇지 않습니다. '만일 그 일이 그 정도의 확신을 가지고 행해졌고 모든 병사들에 의해서도 꼭 필요한 일이라고 인정을 받았다면, 그들은 내가 모르는 무언가를 알고 있었던 게 분명해.' 나는 이렇게 생각했고 그것이 무엇인지 알아내려고 노력했습니다.

하지만 아무리 노력을 해보아도 그것이 무엇인지 끝내 알아낼 수가 없었지요. 그런데 그것을 알지 못하고는 예전부터 원하던 바대로 군에 입대할 수가 없었습니다. 그래서 난 군 생활뿐만이 아니라 다른 어떤 공직 생활도 하지 않았습니다. 그러다보니, 보시다시피, 난 이렇게 아무짝에도 쓸모없는 사람으로 지내온 겁니다."

"뭐, 당신이 아무짝에도 쓸모없는 분으로 지내온 건 우리도 압니다." 우리들 중 한 사람이 말했다. "차라리 이 말에 대답해주시는 게 나아요. 만일 당신 같은 분이 쓸모가 없었다면 대체 얼마나 많은 다른 사람들도 쓸모없이 살아왔을까요?"

"아니, 그건 정말 부질없는 소립니다." 진심으로 곤혹스러워하면서 이반 바실리예비치가 말했다.

"그런데 사랑은 어떻게 되었나요?" 우리가 물어보았다.

"사랑이요? 사랑은 그날부터 시들어갔지요. 그녀가

여느 때처럼 얼굴에 미소를 띠고 생각에 잠겨 있는 것을 보면, 나는 곧바로 들판에서의 대령이 떠올라 왠지 마음이 불편하고 불쾌해지곤 했습니다. 그러다보니 그녀와의 만남도 뜸해지게 되었고 결국 사랑 역시 완전히 사라지게 되었지요. 살다보면 어떤 일들이 일어나고, 또 그것으로 인해 인생 전체가 어떻게 바뀌고 어떻게 방향이 달라지는지가 바로 이런 겁니다. 그런데 여러분은 말하기를…." 그는 말을 끝맺었다.

내가 꿈에서 본 것

⟨1⟩

"그 아이는 이제 내게 딸로서 존재하지 않아. 무슨 말인지 알겠나? 그 아이는 더 이상 내 딸이 아니라고. 그래도 그 애가 다른 사람들 신세를 지고 살도록 내버려 둘 수는 없지. 그 애 자신이 원하는 대로 살 수 있는 정도는 해주겠어. 하지만 그 애 소식을 듣고 싶지는 않아. 그래, 그래. 이런 일이 생길 거라곤 상상도 못했어…. 끔찍해, 끔찍하다고!"

그는 어깨를 으쓱하며 머리를 부르르 떤 후 눈을 위쪽으로 치켜떴다. 이 말은 예순 살이 된 미하일 이바노비치 공작이 자신의 동생인 56세의 뾰뜨르 이바노비치 공작에게 한 것이었다. 동생은 어떤 현의 중심 도시에서 그 현의 귀족단장으로 재직하고 있었다.

형과 동생의 이 대화는 바로 그 도시에서 이어지고 있었는데, 1년 전에 집을 뛰쳐나간 딸이 아기와 함께 이 도시에 정착했다는 말을 들은 형이 뻬쩨르부르그 에서 이 도시로 달려왔던 것이다.

미하일 이바노비치는 머리가 희끗희끗했지만 나이 에 비해 젊어 보이는 훤칠한 키의 잘생긴 노인이었다. 그의 외모와 행동에는 자부심과 매력이 넘쳤다. 그에 게는 온갖 사소한 일로 종종 말다툼을 벌이는 점잖지 못하고 화를 잘 내는 아내가 있었다. 아들은 낭비벽이 있는데다 난봉꾼이었지만 미하일 이바노비치는 여전 히 이 아들을 '신사'로 간주하고 있었다. 딸은 둘이었 는데 시집을 잘 간 큰 딸은 뻬쩨르부르그에 살고 있 었다. 그런데 그가 가장 아끼던 막내딸 리자가 1년 전 쯤 홀연히 집을 떠나 사라졌다가 이 먼 도시에 자식 을 데리고 와 있다는 사실을 알게 된 것이다.

동생인 뾰뜨르 이바노비치 공작은 조카딸인 리자 가 어떤 상황에서 무슨 이유로 집을 나왔는지, 아이의 아버지는 누구인지 형에게 묻고 싶었지만, 그런 걸 꼭 물어봐야 하는지 결단을 내리지 못하고 있었다. 그날 아침 아내가 시아주버니인 형의 마음을 위로해주려고 했을 때 뾰뜨르 이바노비치는 형의 얼굴에 고통의 기색이 역력한 것을 보았기 때문이다. 그는 아무렇지 않은 듯 딸이 살고 있는 집의 가격에 대해 제수에게 묻기까지 했지만, 그의 근접키 어려운 오만한 표정 속에는 자신의 심적 고통을 애써 가리려 하는 느낌이 묻어났다. 그는 동생 가족과 손님들이 함께 한 아침 식사 자리에서 평소와 다름없는 독설과 재치를 보여주었다. 그는 아이들에게는 정중하다고 할 정도로 다정하게 대했지만, 그 외의 모든 사람들에게는 범접하기 힘들 정도로 오만한 태도를 보였다. 하지만 그런 모습이 아주 자연스러워서 사람들은 오만함이 그의 권리라고 인정할 정도였다.

저녁 때 동생은 그를 위해 카드 게임 자리를 마련해주었다. 카드 게임이 끝난 뒤 그가 동생이 준비해준 방으로 돌아가 막 틀니를 빼려고 할 때 누군가 방문을 두 번 노크했다.

"누구요?"

"C'est moi, Michel(저예요, 미셸)."[1]

미하일 이바노비치 공작은 그것이 제수의 목소리임을 깨닫고는 얼굴을 찡그리며 틀니를 다시 끼워 넣었다. 그는 '대체 무슨 말을 하고 싶은 거지?'라고 생각하며 큰 소리로 대답했다.

"Entrez(들어오세요)."

제수는 남편에게 군말 없이 순종하는 조용하고도 온순한 여자였다. 하지만 그녀는 괴짜라고 불리기도 했다(어떤 이들은 심지어 그녀를 바보라고까지 생각했다). 그녀는 아름답기는 했지만 머리가 항상 헝클어져 있었고 옷차림 또한 무심하고 단정치 못했으며, 정신이 산만한데다가 고위직에 있는 귀족의 아내로서는 전혀 어울리지 않는 이상한 생각들을 불쑥 입 밖에 꺼내서 남편과 지인들을 비롯한 모든 이들을 놀라게 하곤 했기 때문이다.

"Vous pouvez me renvoyer, mais je ne m'en irai pas,

---

1) '미셸'은 '미하일'을 프랑스식으로 부른 이름이다.

je vous le dis d'avance(당신은 나를 쫓아낼 수 있어요. 하지만 미리 말씀드리는데, 난 나가지 않을 거예요)." 그녀가 여느 때처럼 두서없이 말을 꺼냈다.

"Dieu preserve(하나님, 저를 지켜주소서)." 평소처럼 약간 과장된 정중한 태도로 그녀에게 안락의자를 밀어주면서 미하일이 대답했다. "Ça ne vous dérange pas(한 대 피워도 괜찮겠지요)?" 담배를 꺼내며 그가 말했다.

"바로 말할 게요, 미셸. 불쾌한 말은 하지 않을 거예요. 다만 리잔까2)에 대해 말하고 싶은 게 있어서 왔어요."

딸의 이름을 듣자 미하일 이바노비치 공작은 고통과 함께 한숨이 나왔다. 하지만 그는 곧 마음을 가다듬은 후 힘겨운 미소를 지으며 말했다.

"당신이 나한테 볼 일이라는 게 하나밖에 더 있겠소. 당신이 말하려는 바로 그것 말이오." 그는 그녀를 쳐다보지도 않으며 말했다. 대화 제목이 무엇인지 자기 스스로 입 밖에 내고 싶지 않은 것이 분명했다.

하지만 둥글둥글 통통하며 귀엽게 생긴 그의 제수

---

2) 미하일 공작의 딸인 '리자'에 대한 애칭.

는 당황하지 않았다. 그녀는 선량하고도 애원하는 듯한 시선을 자신의 푸른 눈 속에 담아 미하일 이바노비치를 계속 바라보았다. 그녀는 그보다 더 힘겹게 한숨을 내쉬며 말했다.

"Mon bon ami(내 친구) 미셸, 그 아이를 불쌍히 여겨 주세요." 그녀는 언제나처럼 시아주버니에게 친밀한 말투와 공손한 말투를 왔다 갔다 하며 말했다. "그 아이도 인간이잖아요."

"나도 그 점을 의심치는 않아요." 불편한 미소를 보이며 미하일 이바노비치가 말했다.

"그 아이는 당신의 딸이에요."

"그랬죠. 네, 예전엔 그랬습니다. 하지만 친애하는 알린[3], 우리가 왜 이런 이야기를 해야 하는 거죠?"

"친애하는 미셸, 그 아이를 한 번 찾아가 보세요. 내가 말하고 싶었던 건 그저, 이 모든 일에 책임이 있는 사람은…."

미하일 이바노비치 공작의 얼굴이 확 붉어지고 표

---

[3] '알린'은 제수의 이름인 '알렉산드라'를 프랑스식으로 부른 이름이다.

정도 무서워졌다.

"그 얘긴 제발 하지 맙시다. 난 충분히 고통 받았어요. 이제 바람이 있다면 하나뿐이에요. 그 아이가 아무한테도 신세를 지지 않도록 보살펴 주고 동시에 나와도 관계를 끊게 해주는 거요. 그럼 그 아이도 자신만의 독립된 삶을 살 수 있을 것이고 내 가족도 그 아이를 모르는 상태에서 우리만의 삶을 살 수 있을 겁니다. 내가 해줄 수 있는 건 이것뿐이오."

"미셸, 당신은 '나'라는 말만 하는군요. 하지만 그 아이도 '나'예요."

"물론이요. 하지만 알린, 그 얘기는 제발 이 정도로 그칩시다. 내가 너무 힘드오."

알렉산드라 드미뜨리예브나는 잠시 침묵하더니 고개를 가로젓고는 다시 말했다.

"그럼 마샤4)도 당신과 같은 생각인가요?"

"완전히 똑같소."

알렉산드라 드미뜨리예브나는 혀끝으로 '쯔쯔' 소

---

4) 미하일 이바노비치의 아내 이름.

리를 냈다.

"Brisons là-dessus. Et bonne nuit(이제 그만합시다. 잘 자요)." 그가 말했다.

하지만 알렉산드라 드미뜨리예브나는 나가지 않고 잠시 말문을 닫았다가 다시 말했다.

"뾰뜨르가 말하기를, 당신이 그 아이와 함께 사는 여자에게 돈을 맡겨놓을 생각이라던데, 그 아이 주소는 아세요?"

"알고 있소."

"그럼 다른 사람들을 통해서 일을 처리하지 마시고 직접 거기 가 보세요. 그래서 그 아이가 어떻게 살고 있는지 그것만이라도 살펴보세요. 그 아이를 대면하고 싶지 않다면 그러셔도 돼요. 그 남자는 거기 살고 있지 않아요. 아무도 없다고요."

미하일 이바노비치는 온몸을 부르르 떨었다.

"아아, 무엇 때문에, 대체 무엇 때문에 당신은 날 이렇게 괴롭히는 거요? 손님 대접을 이렇게 하면 안 되는 겁니다."

알렉산드라 드미뜨리예브나는 자리에서 일어나 감

정이 북받쳐 오른 상태에서 슬픔이 가득한 목소리로 말했다.

"그 아이는 너무도 불쌍하고 착한 아이예요."

그는 자리에서 일어나 그대로 선 상태에서 그녀가 말을 끝내기를 기다렸다. 그녀가 손을 내밀고 말했다.

"미셸, 당신은 잘못하고 계신 거예요." 그녀는 이렇게 말하고 방을 나갔다.

미하일 이바노비치는 그녀가 나간 뒤에 그를 위해 침실로 개조된 방의 카펫 위를 한참 동안 서성거렸다. 그는 얼굴을 찡그리고 몸을 떨면서 연신 "악, 악"하고 날카로운 소리를 질러댔는데, 그 소리에 스스로 놀라 결국은 입을 닫았다.

그를 괴롭게 한 것은 상처받은 자존심이었다. 리자는 누구도 아닌 바로 '그'의 딸이었다. 그는 여제가 영광스럽게 왕림해주신 저명한 아브도찌야 보리소브나를 어머니로 두고 있는 사람이었다. 사람들은 그와 알고 지내는 것만으로도 대단한 영광으로 여겼다. 그는 두려움과 비난을 모르며 평생을 기사처럼 살아온 사람이었다…. 그가 외국에 있을 때 한 프랑스 여인과의 사이에 사생아를 낳았다는 사실도 그의 자부심을 감소시키진 못했다.

하지만 그가 아버지로서 해줄 수 있고 해야만 했던 모든 것을 해준 딸, 러시아 최고의 사교계에서 짝을 고를 수 있는 기회를 주었던 딸, 소녀로서 바랄 수 있는 모든 것을 베풀어주었던 딸, 그가 정말로 사랑하고 감탄하고 자랑스럽게 여겼던 딸, 바로 그 딸이 그로 하여금 다른 사람들의 눈을 똑바로 쳐다볼 수도 없게 만드는 수치스러운 짓을 함으로써 그의 명예를 실추시켰던 것이다.

그는 그녀를 가족의 한 사람이자 딸로 대하는 것을 넘어 그녀를 사랑하고 아끼며 그녀의 모든 것에 기뻐하고 자랑스러워했던 시절을 떠올려보았다. 그녀가 여덟 살, 아홉 살 때 어땠는지가 떠올랐다. 그녀는 똑똑하고 이해력이 좋고 생기발랄하고 민첩했으며, 반짝이는 검은 눈과 깡마른 등 위로 풀어헤친 옅은 갈색 머리카락이 우아한 느낌을 주는 여자아이였다. 그녀가 그의 무릎 위로 뛰어올라 목을 껴안고 깔깔거리며 간지럽히던 장면, 그의 꾸중에도 불구하고 계속 그러다가 나중에는 그의 입과 눈과 뺨에까지 키스해주던 장면도 생각났다. 그는 충동적인 행동을 매우 싫어하는 사람이었지만, 딸의 이러한 행동은 그를 감동시켰기에 그는 가끔 그러한 행동에 순순히 몸을 내맡기곤 했다. 그럴 때 그녀를 쓰다듬어 주는 것이 얼마나 기분 좋은 일이었는지가 추억 속에 떠올랐다.

언젠가 그토록 사랑스러웠던 그 존재가 이제는 혐오감 없이는 생각할 수 없는 존재로 변해버렸다. 그건 믿기지 않지만 그래도 사실이었다.

그는 딸이 성인으로 자라나는 과정에서 뭇 남자들이 그녀를 여자로 바라본다는 것을 깨닫기 시작하면서 자신이 느꼈던 특이한 두려움과 모욕감을 회상해 보았다. 그녀가 요염한 분위기로 무도회 드레스를 차려입고 그의 앞에 나타났을 때, 그리고 그러한 그녀를 무도회에서 보았을 때, 그는 그녀가 아름답다는 느낌과 함께 질투심을 동시에 느꼈다. 그는 딸을 바라보는 자신의 순결치 못한 시선을 스스로 두려워했지만, 그녀는 이점을 이해하지 못했을 뿐만이 아니라 오히려 아버지의 그런 눈빛에 기쁨을 느끼는 듯했다. '맞아.

여자의 순수함이라는 정말 미신과 같은 거야. 그와 반대인 거지. 여자들은 부끄러움이 뭔지 모르고, 부끄러움이라는 감정 자체도 없어.' 그는 이렇게 생각했다.

그녀가 무슨 이유인지 모르게 매우 훌륭한 두 명의 신랑감을 마다했던 것이 떠올랐다. 그녀는 사교계에 계속 드나들었지만, 누군가에게 매력을 느낀 것이 아니라 자신의 계속되는 성공에 도취되었을 뿐이다. 하지만 그러한 성공이 오래 지속될 수는 없었다. 1년, 2년, 3년이 흐르자 모두가 그녀의 얼굴에 익숙해졌다. 그녀는 아직 아름다웠지만 갓 피어난 젊음은 이미 사라져버렸기에, 이제 그녀는 마치 무도회장을 꾸며주는 평범한 장신구와 비슷한 존재가 되어갔다. 그녀가 독신이 되어가고 있다는 사실을 본 그는 한 가지 바람만을 가지게 되었다. 예전에 가능했던 것만큼 그렇게 훌륭한 짝은 아니더라도 어쨌든 괜찮은 짝을 찾아서 될 수 있는 한 빨리 그녀를 결혼시키는 것이었다.

하지만 어찌된 일인지 그녀는 그가 보기에도 눈에 띨 정도로 오만하게 행동하기 시작했는데, 이런 기억이 지금 새삼 떠오르자 그녀에 대한 분노가 더 강하게 치밀어 올랐다. 괜찮은 혼처를 수없이 물리치더니 결국엔 이렇게 끔찍한 처지에 이르게 된 것이다! "아, 아악!" 그는 또다시 신음을 토해냈다.

그는 방 가운데 멈춰 서서 담배에 불을 붙인 후 다른 생각을 해보려고 했다. 그녀를 대면하지 않고 돈을 보낼 방법을 생각해보았으나, 그때 불현듯 그녀가 스무 살을 넘겼을 때인 몇 년 전의 기억 하나가 다시 떠올랐다. 당시 시골 마을에 그들 가족과 함께 머물고 있던 육군 유년학교 학생인 14세 소년과 그녀 사이에 연애가 시작되었다. 그녀는 그 소년이 사랑에 미쳐 폭포수처럼 눈물을 흘릴 정도가 되도록 만들어 버렸다. 이러한 어리석은 연애를 그만두게 하려고 그가 그 소년에게 떠날 것을 지시하자 그녀가 얼마나 심각하고도 차갑게, 그리고 무례하기까지 한 태도로 그에게 따지고 들었던가. 그리고 이전부터 냉랭했던 그와 딸 사이의 관계가 그 일 이후로 어떻게 완전히 차가워져 버렸던가. 그녀는 아버지로부터 모욕당했다고 생각하는 것 같았다.

'내가 옳았던 거야. 그 애는 천성이 부끄러움을 모

르고 선량하지 못해.' 그는 이런 생각이 들었다.

그리고 마지막으로 끔찍한 기억이 떠올랐다. 딸이 더는 집으로 돌아갈 수 없다고 모스크바에서 보내온 편지에 대한 기억이었다. 자신은 불행한 여자이자 파멸한 여자이기에 자신을 용서하고 잊어달라는 내용이었다. 그 편지를 받은 후 아내와 자신이 해본 저속한 추측들은 나중에 마침내 사실로 확인되었다. 딸이 당분간 숙모 집에서 지내기 위해 방문했던 핀란드에서 생각이 공허하며 됨됨이가 변변치 못한 데다 유부남이기까지 한 스웨덴 대학생을 만남으로써 불행이 시작되었음을 알게 된 것이다. 이 장면까지 떠오르자 그는 더욱 끔찍한 기분이 되었다.

방의 카펫 위를 서성거리면서 그는 이런 모든 기억들을 떠올려보았다. 자신이 딸에게 가졌던 예전의 애정과 자부심을 떠올리다보면, 자신이 이해할 수 없는 딸의 추락에 공포심을 느끼면서도 한편으로는 딸이 자신에게 가한 고통 때문에 그녀가 더욱 미워졌다. 그는 제수가 자신에게 해준 말을 떠올리면서 자신이 딸을 어떻게 용서할 수 있을지 생각해보고자 애썼다. 하지만 '그놈'에 대한 생각이 떠오르자마자 공포와 혐오, 그리고 모욕 받은 자부심이 그의 가슴을 꽉 채웠다. 그래서 그는 또다시 "악, 악" 소리를 지르며 다른 생각을 해보려고 애썼다.

'아냐, 그럴 수는 없어. 뾰뜨르에게 돈을 맡긴 다음에 그가 그 애에게 매달 돈을 주도록 해야겠다. 나에겐 딸이 없어, 없다고….'

그러자 그는 자신을 끊임없이 괴롭히던 이상하고도 혼재된 두 가지 감정의 궤도에 또다시 들어서버렸다. 딸에 대한 사랑의 추억 속에서 느껴지는 감동과, 자신을 이토록 괴롭게 만든 그녀에 대한 고통스러운 증오였다.

〈2〉

지난 한 해 동안 리자는 태어난 후 25년 동안 겪었던 것보다 훨씬 더 많은 일을 겪었다. 이 한 해 동안 그녀에게는 예전 삶의 모든 공허함이 갑자기 모습을 드러냈다. 뻬쩨르부르그의 부유한 상류 사회와 자신의 집에서 누려온 삶의 저열함과 추악함이 모두 선명해졌다. 그녀는 그 속에서 삶의 깊은 곳까지 내려가지 못하고 그 꼭대기만 어루만지며 삶의 모든 매력만을 향유하는 동물적인 삶을 모든 이들과 함께 즐겼다. 그런 삶이 1년, 2년, 3년이었으면 괜찮았을 것이다. 하지만 파티와 무도회와 음악회와 만찬, 몸을 아름답게 꾸미는 화려한 드레스와 머리 손질, 젊고 늙고 할 것 없이 죄다 여자 꽁무니만을 쫓아다니는 남자들, 고독한 존재들임에도 불구하고 자신들은 뭔가를 알고 있으며 모든 것을 향유하고 모든 것을 비웃을 권리가 있다는 듯 행동하는 그 모든 사람들, 똑같은 자연에 둘러싸여 삶의 꼭대기에 있는 유쾌함만을 선사하는 여름 별장에서의 생활, 삶의 문제들을 들추기만 할 뿐 해결하지는 못하는 음악과 독서, 이 모든 생활이 아무런 변화도 약속해주지 못했고 오히려 그와는 반대로 점점 더 매력을 잃어갔다. 이렇게 7, 8년이 흘러가자 그녀는 절망에 빠졌고, 이내 그녀에게는 죽고 싶다고 생각할 정도의 절망 상태가 찾아왔다.

친구들은 그녀를 자선 활동 쪽으로 이끌었다. 자선

활동을 하면서 그녀는 한편으로는 역겨운 느낌을 줄 정도의 진짜 가난을 보았으며, 그것보다 더 불쌍하고 더 역겹다고 할 수 있는 꾸며낸 가난도 또한 보았다. 다른 한편으로는, 엄청나게 화려한 복장을 입고 엄청나게 화려한 마차를 타고 오는 자선가 부인들이 사실은 극도로 냉랭한 마음씨를 가진 사람들이라는 점도 느꼈다. 그러자 그녀의 삶은 더욱더 힘들어졌다. 그녀는 진정한 무언가, 즉 겉면의 얇은 거품만 핥아 먹으며 유희를 즐기는 듯한 삶이 아닌, 본질로서 존재하는 삶 자체를 원했다. 그런데 그러한 삶은 전혀 존재하지 않았다.

그녀의 추억 속에서 가장 좋았던 것은 육군 유년학교 학생 코코에 대한 사랑이었다. 그것은 참으로 좋았으며 정직하고도 직선적인 감정이었다. 하지만 이제는 그것과 비슷한 것조차도 없었고 있을 수도 없었다. 그녀는 점점 더 우울하게 변해갔으며 그런 우울한 상태에서 핀란드에 있는 숙모에게로 갔다. 새로운 환경, 새로운 자연, 뭔가 특별한 새로운 사람들은 그녀에게 아주 매력적으로 느껴졌다.

그 일이 언제 어떻게 시작되었는지 그녀는 분명하
게 기억할 수 없었다. 숙모의 집에는 스웨덴 남자 한
명이 머물고 있었다. 그는 자신의 일에 대해서, 자기
나라 사람들에 대해서, 최근 나온 스웨덴 소설에 대해
서 이야기해주었다. 말로는 그 의미를 표현할 수 없는
시선과 미소의 교환에 그들이 언제 어떻게 무섭게 빨
려 들어갔는지 그녀 자신도 알지 못했다. 하지만 그녀
가 느끼기에 그러한 시선과 미소는 모든 단어를 초월
하는 의미를 가지고 있었다. 그 시선과 미소는 그들에
게 서로의 영혼을 열어 보여주었는데, 단지 영혼뿐만
이 아니라 전 인류에게 공통적인 어떠한 위대하고도
극히 중요한 비밀들도 열어서 보여주었다. 그들이 말
한 모든 단어들은 그 미소로 인해 아주 위대하고도
은총에 가득 찬 의미를 가졌다. 그들이 함께 노래를
듣거나 이중창을 할 때의 음악도 같은 의미를 가졌다.
함께 소리 높여 읽은 책의 글귀들도 역시 그러한 의
미를 가졌다. 간혹 그들은 논쟁을 하고 자신들의 의견
을 고집하기도 했지만, 서로의 시선이 마주치고 미소
가 반짝이기만 하면 논쟁은 저 밑에 머물고 그들은

자신들만이 도달할 수 있는 저 높은 곳으로 함께 날아올라가곤 했다.

그들 두 사람을 동시에 사로잡은 악마가 이러한 시선과 미소 뒤로부터 언제 어떻게 모습을 나타냈는지, 어떻게 그런 일이 발생했는지 그녀는 말할 수 없었다. 하지만 그녀가 그 악마 앞에서 공포심을 느꼈을 때, 그녀는 그들 두 사람을 함께 묶어놓고 있는 실들이 이미 너무 촘촘하게 짜여 있어서 자신의 힘으로는 그것으로부터 빠져나올 수는 없다는 사실을 깨달았다. 그녀는 그 남자 자체에, 그리고 그의 고결함에 모든 희망을 걸 뿐이었다. 그녀는 그가 완력을 사용하지 말기를 바랐지만, 한편으로는 자신도 모르게 은연중에 그것을 바라기도 했다.

사실, 내면의 투쟁에서 그녀가 무기력해졌던 것은 의지할 것이 없었기 때문이었다. 피상적이며 거짓으로 가득 찬 사교계 생활은 이미 그녀에게 혐오감을 주었다. 그녀는 어머니를 사랑하지 않게 되었고, 그녀가 보기에 아버지도 그녀를 마음에서 떨쳐낸 것 같았다. 이런 상황에서 그녀가 절실하게 원했던 것은 유희로서의 삶이 아니라 삶 자체였다.

그런데 그녀는 한 남자를 향한 여자로서의 완벽한 사랑 속에서 그러한 삶을 예감했던 것이다. 그녀의 열정적이고 강한 천성도 그녀를 그쪽으로 이끌었다. 그의 훤칠하고 강인한 신체에서, 금발 머리와 치켜 올라간 하얀 콧수염에서, 저항할 수 없을 정도로 사람의 마음을 끌어당기는 미소에서, 그녀는 자신이 생각했던 삶의 모습을 보았다. 이 모습에서 그녀는 세상에 존재하는 가장 훌륭한 무엇인가를 구현해줄 수 있는 확실한 가능성을 보았다. 이 미소와 시선, 불가능할 정도로 아름다운 무엇인가에 대한 희망과 가능성이 결국 그들이 가야만 했던 곳으로 그들을 인도했던 것이다.

그녀는 그러한 행동을 하는 것을 두려워하면서도, 자기도 모르게 은연중에 그것을 기대했다. 그러자 미래에 대한 희망으로 가득 차 있던, 아름답고 영적이며 기쁨을 주었던 그 모든 것들이 갑자기, 정말 갑자기 혐오스럽고도 동물적인 것으로 변해버렸다. 그것은 슬플 뿐만이 아니라 절망적인 경험이었다.

그녀는 그의 눈을 똑바로 쳐다보며 '나는 아무 것도 두렵지 않아', '우리 사이는 이렇게 되어야만 했어'라는 무언의 말을 하는 척하며 미소를 지어보였다. 하지만 그녀는 이제 모든 게 사라졌다는 점을, 자신이 추구해 왔던 것, 자신의 내면에 있던 것, 코코에게 있던 것이 이 청년에게는 존재하지 않는다는 점을 마음속 깊이 깨달았다.

그녀는 그와 자신의 결혼을 허락해 달라는 편지를 써서 아버지에게 보내 달라고 그에게 부탁했다. 그는 그렇게 하겠다고 말했다. 하지만 나중에 다시 만났을 때 그는 당장은 그런 편지를 쓸 수 없다고 말했다. 그의 눈빛에는 무언가를 숨기고 두려워하는 듯한 느낌이 있었기에 그에 대한 그녀의 의혹은 더욱 커졌다. 다음 날 그는 편지를 보내왔는데, 아내가 오래 전에 자기 곁을 떠나긴 했지만 어쨌든 자신은 기혼자이며, 따라서 그런 처지의 남자인 자신이 그녀에게 죽어 마땅할 아주 몹쓸 짓을 저지른 만큼 오로지 그녀의 용서를 구할 뿐이라는 내용이었다.

그녀는 그를 오라고 청한 후 글이 아닌 말로 자신

의 심정을 전했다. 그가 기혼자이든 아니든 상관없이 자신은 그를 사랑하고 있으며 자신은 그와 영원히 묶인 것 같은 느낌이기에 그의 곁을 떠나지 않겠다는 것이었다.

그 다음 번에 만났을 때 그는 자신은 무일푼이고 부모 역시 가난하기 때문에 그녀에게 찢어지게 궁핍한 생활만을 안겨줄 수 있을 뿐이라고 말했다. 그녀는 아무 것도 필요하지 않다고 대답하면서 그가 원하는 곳 어디라도 지금 당장 함께 떠날 수 있다고 말해주었다.

그는 그녀를 애써 단념시키면서 당분간만 기다려 달라고 말했다. 그녀는 동의했다. 하지만 가족에게 이 모든 사실을 숨긴 채 그와 비밀 편지만 교환하면서 이따금 만난다는 것은 그녀에게 고통스러운 일이었다. 그래서 그녀는 함께 어딘가로 도망치자고 계속 고집했다.

그녀가 **뻬쩨르부르그**의 집으로 돌아왔을 때 그는 자신도 그곳으로 오겠다고 편지를 보내왔지만, 그 후 편지는 더 이상 오지 않았고 그가 어떻게 되었는지도 알 길이 없었다. 그녀는 예전의 생활로 돌아가 보려했지만, 마음먹은 대로 되지 않았다. 그녀는 시름시름 앓기 시작했다. 의사들이 고쳐 보려고 했지만 그녀의 상태는 점점 더 나빠져 갔다. 자신이 감추고자 했던 것을 이제 더는 감출 수 없게 될 것이라는 확신이 들자 그녀는 자살을 결심했다. 하지만 죽음이 자연사처럼 보이려면 어떻게 자살을 해야 할지 생각해보았다. 그래서 그녀는 자신이 원했던 자살에 대해 최종적으로 결심이 섰다고 느껴진 후에, 독을 구하는 방법을 택했다. 그녀는 독을 잔에 붓고 마실 준비를 했다. 그때 언니의 아들인 다섯 살 난 조카가 할머니가 사준 장난감을 보여주겠다고 그녀의 방으로 뛰어 들어오지 않았다면 그녀는 독을 마셨을 것이다. 그녀는 행동을 멈추고는 아이를 쓰다듬어 주다가 갑자기 울음을 터뜨렸다.

그 스웨덴 남자가 결혼한 몸이 아니었다면 자신도 어머니가 되었을 것이라는 생각이 불현듯 들었다. 모성(母性)에 대한 생각이 그녀로 하여금 처음으로 자기 내면으로 돌아가게 만들었다. 다른 사람들이 자기의 처지에 대해 뭐라고 쑥덕거리게 될지에 대해서가 아니라 자기 자신의 진정한 삶에 대해서 생각하게 된 것은 모성이라는 본능 덕분이었다. 타인들의 눈길 때문에 자살을 택하는 것은 쉬운 일처럼 보였지만, 자기 자신을 위해서 자살을 택하는 것은 이제 그녀에게 불가능했다. 그녀는 독을 쏟아 부어버린 후에 자살에 대한 생각을 그만두었다.

그 후 그녀는 자기 자신의 삶을 살기 시작했다. 그 삶은 고통스럽긴 했지만 진정한 삶이었다. 때문에 그녀는 그러한 삶과 결별할 마음을 전혀 가지지 않았으며 또한 그렇게 할 수도 없었다. 그녀는 오랫동안 하지 않았던 기도를 하기 시작했다. 하지만 그 기도가 그녀의 마음을 가볍게 해주지는 못했다. 아버지가 괴로워하는 모습을 지켜보았기 때문이다. 그녀는 고통스러워했지만 그것은 자신 때문이 아니라 아버지의 고뇌하는 모습 때문이었다. 그녀는 아버지의 고통을 이해했고 아버지를 가엾게 여겼지만, 그런 고통이 계속될 것이라는 점과 자신이 그 고통의 원인이라는 점을 알고 있었다.

그녀의 삶은 몇 달 간 그렇게 흘러갔다. 그런데 갑

자기 누구도 눈치 채지 못했던, 심지어 그녀 자신도 거의 감지하지 못했던 일이 생겼다. 그것은 그녀의 삶의 방향을 완전히 바꾸어 놓은 사건이었다. 어느 날 그녀가 이불을 꿰매는 일을 하고 있을 때 몸속에서 무언가가 움직이는 이상한 느낌이 들었다.

"아냐, 아냐, 이럴 리가 없어."

그녀는 바늘과 이불을 손에 든 채 숨을 죽였다. 그런데 갑자기 아까와 똑같은 놀라운 움직임이 느껴졌다. 사내아기든 여자아기든 정말 무언가가 내 뱃속에 있다는 건가? 그러자 그 스웨덴 남자의 추악함과 거짓, 어머니의 신경질, 아버지의 고뇌, 이 모든 것이 머리에서 사라지고 그녀의 얼굴에 미소가 빛났다. 그것은 스웨덴 남자의 추잡한 미소에 똑같이 답하던 예전의 그 미소가 아니었다. 그것은 밝고도 순결하며 기쁜 미소였다.

뱃속의 아기를 자신과 함께 죽일 뻔 했다는 생각이 들자 그녀는 온몸에 소름이 끼쳤다. 이제 그녀의 모든 생각은 하나로만 향했다. 어떻게 집을 떠날 것이며, 어디로 가서 어머니의 몸이 될 것인가에 대한 것이었다. 불행하고 불쌍하지만 어쨌든 어머니가 될 것이었다. 그녀는 모든 사항에 대해 계획을 세우고 채비를 한 후에 집을 떠났고, 아무도 자신을 찾을 수 없고 자신을 아는 사람들로부터도 멀리 떨어질 수 있다고 판단한 먼 지방 현의 한 도시에 자리를 잡았다. 그런데 그녀에게는 불행하게도 그녀의 작은 아버지가 그 현의 귀족단장으로 임명되어 그 도시로 오게 된 것이다. 그녀로서는 전혀 예상할 수 없는 일이었다.

그녀는 산파인 마리야 이바노브나 집에서 이미 넉 달째 지내고 있었다. 작은 아버지가 그 도시로 왔다는 것을 알게 되자 그녀는 더 멀리 떨어진 어떤 곳으로 떠날 채비를 하기 시작했다.

⟨3⟩

미하일 이바노비치는 다음 날 아침 일찍 잠에서 깨어 동생의 서재로 들어갔다. 그는 액수를 적어 미리 준비해 놓은 수표를 동생에게 맡기며, 그 돈을 다달이 나누어서 딸에게 전해달라고 부탁했다. 그러고는 삐쩨르부르그로 떠나는 급행열차가 언제 출발하는지 물었다. 기차는 저녁 일곱 시에 떠나기에 미하일 이바노비치는 기차 출발 전에 이른 저녁 식사를 할 수 있었다. 주저하듯 그를 흘끗거리기만 할 뿐 그에게 큰 고통을 안겨준 문제에 대해서는 아무 말도 하지 않는 제수와 커피를 마신 뒤, 그는 평소의 운동 습관에 따라 산책을 하러 나갔다.

알렉산드라 드리뜨리예브나는 현관까지 그를 배웅했다.

"미셸, 공원으로 가 보세요. 거긴 산책하기가 참 좋고 이 도시 어디로든 가기도 편한 위치예요." 화가 나 있는 그의 얼굴을 동정하듯이 바라보며 그녀가 말했다.

미하일 이바노비치는 그녀의 권고를 받아들여 다른 데로 가기도 편하다는 그 공원으로 향했다. 그는 여자들의 어리석음과 고집스러움과 몰인정함에 대해 짜증이 났다. '저 여자는 내가 불쌍하지도 않은가 보군. 나의 고통에 대해 전혀 이해하지를 못하잖아.' 그는 생각했다.

'그럼 그 아이는?' 그는 딸에게 생각이 미쳤다. '그 아이는 이 일이 내게 어떤 의미를 가지는지, 내게 어떤 고통을 주는지 알고 있어. 늘그막에 이게 무슨 끔찍한 충격이란 말인가! 아마 그 애 때문에 내 목숨도 줄어들 거야. 정말이지 이렇게 고통당하는 것보다는 차라리 죽는 게 더 낫겠다. 이 모든 게 pour les beaux yeux d'un chenapan(그 개차반 놈의 매력적인 눈을 위해) 생긴 일이라니.'

"오-오-오." 그의 입에서 깊은 신음소리가 터져 나왔다. 이제 이 도시의 모든 사람들이 이 사실을 알게 되면(아마 벌써 다들 알고 있을 것이다) 무슨 말이 떠돌게 될지를 생각하니 증오와 분노의 감정이 솟구쳐 올라왔다. 딸에 대한 분노가 솟구쳐 그녀에게 모든 걸 말하고 그녀가 어떤 짓을 했는지 깨닫게 해주고 싶은 마음까지 생겼다. '여자들은 이런 걸 이해 못해.' 그는 생각했다.

그때 문득 '거기선 이 도시 어디로든 가기가 편해요'라는 제수의 말이 떠올랐다. 그는 수첩을 꺼내들고 딸의 주소를 확인해 보았다. '꾸혼나야 거리, 아브라모프의 집, 베라 이바노브나 셸리베르스또바.' 딸은 이런 이름으로 가장해서 살고 있었다. 그는 공원 출구 쪽으로 가서 마부를 소리쳐 불렀다.

"선생님, 누구를 찾아오셨나요?" 그가 고약한 냄새가 나고 경사가 급한 층계참에 들어섰을 때 산파인 마리야 이바노브나가 그에게 물었다.

"셀리베르스또바 부인이 여기에 살고 있습니까?"

"베라 이바노브나 말씀인가요? 네 그래요. 들어오세요. 가게에 물건을 사러 가셨는데 아마 곧 돌아오실 겁니다."

미하일 이바노비치는 뚱뚱한 마리야 이바노브나의 뒤를 따라 조그마한 응접실로 들어갔다. 옆의 작은 방으로부터 어떤 아기의 역겹고도 매섭게 느껴지는 울음소리가 들려왔는데 그 소리를 듣자 그는 가슴이 칼로 푹 찔리는 느낌이 들었다.

마리야 이바노브나는 잠시 실례하겠다는 말을 하고 옆방으로 갔다. 그녀가 아기를 달래는 소리가 들렸다. 아기가 조용해지자 그녀는 방에서 나왔다.

"그 분의 아기예요. 곧 오실 겁니다. 그런데 누구시라고 말씀드릴까요?"

"아는 사람입니다. 그런데 나중에 다시 오는 게 나을 것 같군요." 나갈 준비를 하며 미하일 이바노비치가 말했다. 딸아이와의 만남을 기다리고 있는 이 상황이 너무 고통스러웠고 어떠한 설명을 들어도 도저히 받아들일 수 없을 것 같았다.

그가 막 몸을 돌려 나가려고 했을 때 계단을 올라오는 가볍고 빠른 발걸음 소리가 들렸다. 그는 리자의 목소리를 알아들었다.

"마리야 이바노브나! 혹시 내가 없는 동안에 애가 울지는 않았나요…? 나는…."

갑자기 아버지의 모습이 그녀의 눈에 들어왔다. 손에 들고 있던 작은 봉지가 그녀의 손에서 떨어졌다.

"아빠?!" 그녀가 외쳤다. 그녀는 온통 창백해진 얼굴로 온몸을 떨면서 문가에 멈춰 섰다.

그는 딸을 바라보며 꼼짝도 하지 못했다. 그녀는 야위어 있었기에 눈은 커다래지고 코는 뾰족해진 느낌을 주었다. 야윈 손은 앙상했다. 그는 무슨 말을 해야할지, 어떤 행동을 해야 할지 갈피를 잡을 수가 없었다. 그는 지금까지 생각해왔던 자신의 명예니 수치니

하는 같은 것들은 모조리 잊어버렸다. 딸에 대한 연민의 감정이 솟구쳤다. 그녀의 삐쩍 마른 몸, 형편없는 옷 때문에 마음이 아려왔다. 아버지에게 눈을 고정한 채 무언가를 간구하는 듯한 그녀의 처연한 얼굴 표정이 너무도 가엾었다.

"아빠, 용서해 줘요." 그에게 다가서며 그녀가 말했다.

"나를, 이 아버지를 용서해 다오." 그는 이렇게 중얼거리다가 딸을 안고 어린아이처럼 흑흑거리며 울기 시작했다. 딸의 얼굴과 손이 그것에 키스하는 그의 눈물로 범벅이 되었다.

그녀에 대한 연민이 그에게 자신의 모습을 열어 보여주었다. 자신의 모습을 보게 되자, 그는 자신이 그녀에게 어떤 잘못을 저질렀는지, 자신의 자존심에 무엇이 잘못되었는지, 딸에 대한 냉담함과 앙심이 어떠한 잘못으로 이어지게 되었는지를 깨닫게 되었다. 잘못은 자신에게 있으며 자신은 딸을 용서하기보다는 오히려 용서를 청해야 한다는 사실을 알게 되어 기쁘기까지 했다.

그녀는 아버지를 자신의 방으로 데려간 후에 자신

이 어떻게 살고 있는지 이야기해주었다. 하지만 아기를 보여주지는 않았고 과거의 일에 대해서도 언급하지 않았다. 그렇게 하면 아버지가 고통스러워할 것이라는 점을 알고 있었기 때문이다. 그는 딸에게 앞으로는 다른 식으로 삶을 꾸려가야 한다고 말했다.

"그래요, 시골에서 살 수만 있다면…" 그녀가 말했다.

"그 문제는 꼼꼼하게 살펴보자." 그가 말했다.

그때 갑자기 문 뒤에서 아기가 칭얼거리다가 크게 우는 소리가 들려왔다. 그녀는 눈을 휘둥그레 떴지만 시선을 아버지에게서 떼지 못한 채 주저주저하는 기색으로 몸을 움직이지 못했다.

"저 말이다, 젖을 먹여야 할 것 같구나." 미하일 이바노비치가 말했다. 간신히 마음을 추스르며 말을 하느라 그의 눈썹이 살짝 흔들렸다.

그녀는 몸을 일으켰다. 그때 갑자기 자신이 오래전부터 그토록 사랑해왔던 아버지에게 지금 자신이 세상 무엇보다도 더 사랑하는 아기를 보여주고 싶다는 생각이 자기도 모르게 떠올랐다. 하지만 그런 바람을 말하기에 앞서 아버지의 얼굴에 눈길을 돌렸다. 혹시 아버지가 화를 내지는 않을까?

아버지의 얼굴에 분노는 나타나 있지 않았다. 고통만이 서려 있었다. 그가 말했다.

"어서 가봐라, 어서 가. 다행이구나. 그래, 내일 다시 올 테니 그때 결정하자. 잘 있어라, 사랑하는 내 딸. 그래, 잘 있어." 그러자 그는 또다시 목이 메는 느낌을 참느라 힘이 들었다.

미하일 이바노비치가 동생의 집으로 돌아오자 알렉산드라 드미뜨리예브나는 곧바로 그에게 물었다.

"어떻게 됐어요?"

"뭐, 별일 없었소."

"만나보셨어요?" 그의 표정을 통해 무슨 일이 생겼다는 것을 짐작한 그녀가 물었다.

"그랬소." 그는 짧게 툭 대답했지만 다음 순간 갑자기 눈물을 쏟기 시작했다. 진정을 하고 난 후 그가 말했다. "난 나이를 먹으니까 어리석어진 것 같소."

"아니에요, 현명해진 거예요. 당신은 아주 현명해졌어요."

미하일 이바노비치는 딸을 용서했다. 완전히 용서했다. 세속의 명예를 잃을 수 있다는 마음속의 모든 두려움은 그 용서 앞에서 극복되었다. 그는 시골에 사는 알렉산드라 드미뜨리예브나의 언니 집에 딸을 맡겼고 그 뒤로 그녀를 만나러 가곤 했다. 그는 예전처럼 그녀를 사랑했을 뿐만 아니라 오히려 더 사랑하게 되었다. 그는 종종 그녀에게 찾아가서 머물곤 했지만, 아이를 보는 건 피했다. 딸의 불행의 원인인 아이에 대한 불쾌함과 혐오의 감정을 극복할 수 없었기 때문이다. 그리고 이것이 딸의 고통의 원인이 되었다.

작품 해설

백 준 현

(상명대학교 러시아어권지역학전공 교수)

1. 톨스토이의 삶과 문학

러시아의 대문호 레프 니꼴라예비치 톨스토이는 1828년 8월 28일에 러시아 모스크바 남쪽의 뚤라 현에 위치한 야스나야 뽈랴나 마을에서 태어났다. 아버지 니꼴라이 일리치 톨스토이 백작과 어머니 마리야 니꼴라예브나 볼꼰스까야 사이의 4남 1녀 중 네 번째 아들로 태어난 톨스토이는 부모 양측이 모두 러시아의 유서 깊은 귀족 가문이었다. 이는 당대의 다른 작가들과 그를 구분시켜주는 요소이기도 하다.

그는 2세에 어머니를 잃고 9세에 아버지를 잃음으

로 인해 이른 나이에 스스로 자신의 발전을 도모해야 하는 상황에 처하게 되었다. 톨스토이 가족은 어머니의 사망 이후 모스크바로 옮겨왔다가 아버지마저 사망하자 1841년에 다시 까잔으로 이주한다. 톨스토이는 1844년 까잔 대학교 동양학부에 입학하여 아랍어와 터키어를 전공한 뒤 다음 해에 법학부로 옮겼으나 제도권 학업에 별다른 흥미를 느끼지 못했다.

학위를 받지 않은 상태로 대학을 중퇴하고 1847년 가문의 영지인 야스나야 뽈랴나로 돌아온 톨스토이는 애초 농민 교육에 뜻을 두고 이에 힘썼으나 아직 농노제 아래에서 뜨뜻미지근한 반응만을 보인 농민들의 반응에 곧 좌절을 겪고 만다. 모스크바로 와서 한동안 유흥을 즐긴 그는 1849년 뻬쩨르부르그 대학교 법학부 대학원 입학시험에 부분 합격하여 다시 한 번 학업을 이어가는 듯 했으나, 기본적으로 제도권 교육에 흥미를 가지고 있지 않았기에 더 이상의 학업을 스스로 포기한다. 모스크바와 뻬쩨르부르그에서의 체류 기간 동안 그는 한편으로는 좌절감, 다른 한편으로는 미래에 대한 비전의 상실 속에서 환락에 몸을 맡긴 방탕한 생활에 젖어들었다.

그러나 이러한 외적 방탕의 내면에는 유서 깊은 귀족 가문 출신으로서, 그리고 일찌감치 문학에 뜻을 둔 사람으로서 '올바른 삶'을 추구하려는 욕구가 끊임없이 숨 쉬고 있었다. 그는 환락에 몸을 맡기는 생활 속에서도 인간이 추구해야 하는 바람직한 삶은 과연 무엇인지에 대한 고민에 휩싸여 있었다.

그런데 인간의 삶을 바람직한 방향으로 이끌 수 있는 가치 기준들 중에서 그가 처음으로 긍정했던 것은 '자연스러운 삶'이었다. 그가 보기에 이성, 합리성, 윤리, 도덕 등등의 여러 가치 기준들은 모두 인간이 인위적으로 설정한 것들로서 자칫 가식과 위선으로 빠지기 쉽기 때문에, 인간이 무엇보다도 먼저 성취해야 할 것은 자신의 본 모습을 가식과 위선으로 포장하지 않은 상태에서 그대로 인정하고 그것에서 발전의 가능성을 찾는 것이었다. 그는 문명에 의해 제시된 여러 잣대로 인해 인간의 자연스러운 욕망이 가려져서는 안 된다는 생각을 하게 되었는데, 투박한 듯 보이면서도 자연스러운 이러한 삶이야말로 세련된 위선과 가식에 의해 포장된 삶에 비해 훨씬 우월한 것이라 여겼다. 그의 창작 생활 초기를 지배했던 이러한 생각을 한편으로 정당화시켜 준 것이 그가 군인 생활을 시작했던 까프까즈 산악인들의 모습이었다. 그들의 본능적 삶이 그에게는 타락이 아닌, 극히 가식 없는 순박하고도 행복한 삶으로 비춰졌기 때문이다.

이러한 삶의 철학을 반영한 「유년 시절」, 「소년 시절」, 「청년 시절」 3부작과 크림 전쟁 참전 경험을 다룬 세바스또뿔 전투 3부작이 문단에서 큰 반향을 일으키면서 그는 문학가로서 성공 초입에 서게 된다. 하지만 문학가로서의 성공의 시작은 그로 하여금 자신의 문학 지향점에 대해 좀 더 본격적으로 고민하도록 만든다. 1856년 제대 후 문인들과 교류를 시작하면서 그는 서구적 가치 기준과 문명 의식에 경도된 그들의 모습에 적지 않은 실망을 하게 된다. 이에 더해 1857년과 1860년 두 차례에 걸쳐 보고 온 서유럽은 물질문명과 이기주의라는 두 가지 측면에서 문명과 이성에 대한 그의 반감을 더욱 심화시켰다.

따라서 이 지점에서 문학가로서 한 단계 더 성장하

고자 했던 그의 욕구를 자극했던 것은 초기에 설정했던 '인간의 자연스러운 삶'을 좀 더 객관적으로 정당화시켜줄 수 있는 기준은 무엇인가에 대한 고민이었다. 이성, 합리성, 도덕 등이 자칫 가식과 위선을 포장하는 잘못된 도구로 사용될 수 있듯이, '삶의 즐거움'을 여과 없이 그대로만 표현하는 방식의 문학 역시 자칫 세속적 삶에 대한 합리화가 될 수 있기 때문이다. 그는 '자연스러운 삶'은 그것을 개인의 즐거움이 아닌 인간과 사회 전체의 차원에서 성찰할 수 있을 때야 비로소 완전한 생명력을 가질 수 있다고 느끼게 되었다.

여기서 그가 도달한 결론이 바로 모든 개인의 뜻이 합쳐진 '역사'의 흐름을 올바르게 파악하고 그 속에서 자신의 자연스러운 삶의 모습을 만들어내야 한다는 깨달음이었다. 그는 집단의 역사란 어느 한 개인의 욕망이나 이성적 사고력을 훨씬 뛰어넘는 것이기에 그러한 역사의 흐름을 올바르게 깨닫고 그것에 순응할 때 비로소 높은 차원에서의 자연스러운 삶이 탄생한다고 생각하게 되었다. 즉 역사의 흐름을 왜곡하지 않고 그 속에서 스스로 자신의 행복과 기쁨을 창출해 가는 것이야말로 가장 자연스럽고도 바람직한 삶의 모습으로 비춰졌던 것이다. 이점이 분명하게 나타난 것이 대작 『전쟁과 평화』(1869)에 나타난 러시아 역사 속 인간 군상들의 모습이었다. 한편, 『안나 까레니나』(1878)는 사회의 관습적 시각에 짓눌려 고통 받던 한 귀족 여인이 이에 저항하며 개인으로서의 행복을 추구하다가 비극을 맞게 되는 모습을 다룬 작품이다.

그런데 이렇듯 단계적, 점층적으로 발전해 온 그의 문학관에 1880년경 큰 변화가 오게 된다. 그 계기는 앞서 서유럽 여행 시 그가 파리에서 보았던 단두대에서의 끔찍한 처형 모습과 그 와중에 그가 전해서 들은 큰형의 죽음이었다. 그때까지 그가 줄곧 유지해오던 '자연스러운 삶'과 '삶의 즐거움'이라는 관념은 이 두 사건 속에서 힘을 잃기 시작했다. 삶 자체가 지니는 생명력을 무던히 아껴왔던 그였기에, 그것을 송두리째 무너뜨려버릴 수 있는 죽음의 힘은 그에게 그만큼 더 큰 충격을 주었던 것이다.

삶의 활력을 무참히 파괴할 수 있는 죽음의 무서운

힘은 그가 『전쟁과 평화』와 『안나 까레니나』라는 두 대작을 완성할 때까지는 마음속에 잠재해 있다가, 마침내 1880년경부터 마음 밖으로 터져 나오고 만다. 그는 자신의 과거 생활과 창작물들의 가치를 전면 부정하고 '삶의 즐거움'을 기만이라고 단정한다. 이른바 그의 '개심(改心)'이 발생한 것이다. 1882년에 쓴 「참회록」은 자신이 살아온 인간으로서의, 그리고 문학가로서의 삶에 대한 전면적인 반성을 표명한 글이었다.

개심 이후 톨스토이에게는 도덕가적인 면이 눈에 띄게 두드러지게 된다. 그는 예술의 목적 역시 소위 '예술성'에 있는 것이 아니라 인간의 '도덕성'을 고양시키는 것에 있다고 보게 되었다. 이점을 잘 표현한 것이 1897년에 쓴 「예술이란 무엇인가?」라는 논문이다. 개심 이후의 시기에 그의 작품들은 도덕적 메시지를 전달하는 데 중점을 두게 되었으며, 이러한 목적을 효율적으로 달성하기 위해 전래민담의 '권선징악' 플롯을 중단편 소설들에 적용하여 민담 형태의 작품들을 다수 써내기도 했다. 또한 신학에 관한 논문이나 정치적, 도덕적 측면의 기고문을 쓰는 것에도 많은 노력을 기울였다.

한편으로 그는 기존의 교회나 국가 체제는 인간의 도덕성을 고양시키지 못하는 압제적이고 교조적인 체제라고 판단하여 이에 반기를 들었다. 이로 인해 톨스토이는 1901년에 러시아 정교회로부터 파문을 당하는데, 이와는 반대로 오히려 러시아 국내외적으로는 '이 시대의 양심'으로 추앙받게 된다. 그는 일체의 부르주아적 삶을 거부하고 채식주의와 검소한 복장을 고집했다. 또한 초기부터 중기까지 간헐적으로 추구해왔던 농민을 위한 학교 설립과 이를 통한 농민 교육에도 전력을 기울였다. 야스나야 뽈랴나는 그를 숭배하는 러시아 국내외의 많은 문인들과 일반인들의 방문지가 되었다. 또한 그는 비록 아내의 반대로 전체가 성사되지는 못했지만, 개심 시기인 1881년 이후에 쓴 모든 작품들의 저작권 포기에 대해서만은 자신의 뜻을 관철시켰다. 이러한 극히 비세속적인 태도와 재산의 사회 환원, 저작권 포기 등에 얽힌 문제로 인해 그는 자신의 뜻을 따른 막내딸 알렉산드라를 제외한 아내나 가족 구성원들과는 계속되는 갈등을 빚었다. 시대의 거목 역시 이러한 혈육 간의 갈등을 극복치 못하고 1910년 겨울 집을 떠나 정처 없는 길을 나섰다가 병사한다. 그가 간이역에서 병석에 누워있던 며칠간에 전 세계의 눈길이 그의 상태에 쏠려있었음을 본다면, 그가 당대의 러시아와 세계의 정신문화에 끼친 영향을 잘 알 수 있다.

2. 작품 해설 - '삶'과 '죽음'은 인간에게 어떤 의미인가?

자연스러운 삶의 기쁨을 어떠한 가식이나 위선도 없이 그대로 인정하고 향유할 수 있어야 한다는 톨스토이의 초, 중기 세계관은 앞서 보았듯이 '죽음'이라는 절대적 존재로 인해 위협받을 수 있는 가능성을 동시에 가지고 있기도 했다. 이러한 불안감이 그의 마음속에 내재해 있었기에, 죽음의 문제가 본격적으로 다루어지기 이전 시기에도 죽음이라는 주제는 간혹 그 초기 형태를 보이며 나타나기도 했다. 이런 측면에서, 1859년에 창작된 「세 죽음(Три смерти)」은 죽음이 인간에게 주는 의미에 대한 초기 톨스토이의 기본적인 생각들을 알 수 있게 해준다.

이 작품에서 첫 번째 죽음의 주인공인 귀족 여인은 이미 사형선고를 받은 것이나 다름없는 상태에서 점차 죽음을 향해 다가가고 있다. 외견상 독실한 정교 신자로 보이는 그녀는 죽음을 앞두고 두 가지 마음 상태에 있다. 이 중 보다 절실하게 그녀의 마음을 지배하는 것은 남편에 대한 원망이다. 조금만 빨리 외국으로 자신을 요양 보내주었다면 지금쯤 완전히 건강해져 있었을 것이라는 부질없는 원망이 그녀를 끝까지 괴롭힌다. 아내가 편안히 죽을 수 있도록 배려하기 위해 남편이 얼마나 고뇌했는가를 알면서도 그녀는 죽음을 피하고자 하는 본능적이며 맹목적 욕구 앞에서 사리를 구분할 힘을 잃는다. 자신의 고통과 초조함에 남편이 공감해주기를 바라면서도 자기 스스로는 그의 고통과 초조함에 공감하지 않기에, 그녀와 남편 사이에는 상호이해의 가능성이 줄어들고 이에 따라 죽음은 두 사람 모두에게 더욱 고통스럽게 다가온다.

한편, 죽음에 대한 두려움을 다소나마 줄여주는 것

이 그녀의 종교적 심성이다. 그녀는 임종을 앞둔 최후의 순간에 자신이 가져왔던 정교 신자로서의 독실한 모습을 비로소 내보인다. 그것은 병자성사를 받고 편안해진 그녀의 모습, 그 후 성상을 바라보며 눈물 흘리는 그녀의 모습에서 드러난다. 그러나 그녀는 곧이어 또다시 남편을 책망하면서 그가 죽음 일보 직전의 자신을 위해 다른 의사를 불러주지 않는다는 원망의 말을 던진다. 이러한 그녀를 위해 존재하는 사제와 성경 낭송 수도사의 형식적인 태도는 그녀 자신이 얼마나 피상적인 신자로서의 삶을 살아왔는가를 역설적인 상징으로써 보여준다. 그녀의 죽음 이후 수도사가 낭송하는 성경 구절에 대해 작가가 "그녀가 이제라도 이 위대한 말씀을 이해했을까?"라고 반문하는 것은, 자신만의 인식의 틀에서 벗어나지 못함으로 인해 종교적 가르침이 그녀에게 진정한 위안을 가져다주지 못했음을 꾸짖는 작가의 목소리이기도 하다.

이에 비해 두 번째 이야기의 주인공인 늙은 마부는 자신의 비참하고도 초라한 죽음에 대해 그 누구에게도 원망을 돌리지 않는다. 그는 심지어 자신의 장화를 탐내는 젊은 마부에게 그것을 순순히 선물하고 자신을 구박하는 하녀에게도 진정한 사과의 말을 남긴 후에 죽음을 맞이한다. 어리석다고도 할 수 있는 이러한 순박한 태도는 죽음의 원인에 대한 고뇌로 인해 끝까지 고통의 길을 걸어갔던 귀족 여인의 태도와 극명하게 대비된다. 이렇듯 어리석다고 할 정도로 순박하기에 그는 그 순박함의 대가를 치르는 듯하다. 장화를 공짜로 받는 대신 그의 사후에 십자가를 하나 세워주겠다는 약속을 한 젊은 마부가 그 사소한 약속마저도 지키려 하지 않기 때문이다. 그러나 그 젊은 마부를 질책하는 하녀와 다른 마부의 태도는 결국 그의 마음을 돌리게 되고, 결국 늙은 마부는 아침 자연에서 생산된 가장 훌륭하고도 생생한 나무 십자가로 사후의 보답을 받는다. 나무를 패는 아침 자연에서 울려 퍼지는 생생한 파열음은 귀족 여인의 빈소에서 울려 나오는 생명력 없는 성경 낭송 소리보다 훨씬 더 신선한 느낌으로 울려 퍼진다.

세 번째 주인공인 나무는 톨스토이가 가졌던 가장 자연스러운 죽음의 모습을 여실히 표현해준다. 나무는 귀족 여인과 같은 원망의 마음도 없으며, 늙은 마부와 같은 죽음의 고통도 드러내지 않는다. 나무는 온전히 자신을 희생하여 십자가의 재료로 쓰임으로써 늙은 마부의 죽음을 아름답게 장식해준다. 앞으로 그렇게 죽어갈 다른 나무들 역시 넘어져간 이 나무 옆에서 같은 운명 공동체로서 고요하게 호흡한다. 이것은 죽음과 함께 존재하는 자연의 모습이자 죽음을 가장 자연스럽게 받아들이는 모습이기도 하다. 그렇기에 이 나무의 죽음은 세 죽음 중에서 가장 빛나고도 고귀한 죽음의 모습으로 다가온다.

이렇게 볼 때, 이 작품 속 세 가지 죽음은 그가 창작 초기부터 중시했던 '자연적인 삶'이라는 주제가 그러한 삶을 종식시키는 '죽음'이라는 문제와 연관되어 작가의 내면의식에 이미 배태되고 있었음을 알게 해주는 소재라고 할 수 있다. 죽음에 순응하며 그것을 자연스럽게 받아들일수록 고통은 줄어들며 이것은 삶과 죽음을 있는 그대로 인정하는 소박한 의식 속에서 가능하다는 것이 이 작품 속에 나타난 톨스토이의 생각이다.

정신적 위기가 찾아온 직후인 1882년에 구상된 후 4년의 시간을 거쳐 1886년에 완성된 「이반 일리치의 죽음(Смерть Ивана Ильича)」은 죽음과 삶의 관계에 대한 톨스토이의 생각이 직설적으로 형상화된 작품이다. 일견 아무 문제없이 흘러온 삶, 다른 이들에게 그 어떤 피해도 주지 않고 살았기에 도덕적으로 별다른 흠을 잡을 수 없는 한 인간의 삶이 사실은 얼마나 취약한 것이었는지를 톨스토이만의 시각으로 전개한 이 작품은 그의 대표작 중 하나로 꼽힌다.

학교 재학 시절과 관리 생활을 거치면서 남다른 사교성과 업무 능력으로 성공 일로를 걸어온 주인공 이반 일리치에게 위기가 닥쳐온 것은 목표로 했던 탐나는 승진 기회에서 밀려 났을 때였다. 그런데 지금껏 한 번도 경험해 보지 못한 좌절감과 우울함 속에서 나날을 보내던 그에게 전혀 예상치 못했던 고속 승진의 기회가 찾아오자 그는 환희에 젖는다. 그는 타 도시에서 새롭게 시작될 영광스러운 미래를 화려하게 장식하기 위해 많은 돈을 들여 새집을 구입하며, 그 집 단장에 전력을 쏟아붓는다. 그러나 행복과 영광이 정점에 달했다고 느낀 바로 그 순간 그에게 최대의 불행이 시작된다. 집을 단장하다가 사다리에서 미끄러져 떨어진 일로 신장에 병을 얻게 되고 그것으로 인해 결국 죽음에 이른다는 설정은, 어찌 보면 우스꽝스럽고도 지나치게 작위적인 설정일 수도 있지만, 한편으로는 죽음이 언제 어디서든 전혀 예상치 못하게 인간의 삶을 송두리째 파괴해버릴 수 있다는 톨스토이의 깨달음을 극명하게 반영하기도 한다. 즉 죽음이라는 존재는 인간의 이해와 용납의 틀을 뛰어넘는, 인간이 어떠한 방법을 동원하더라도 저항할 수 없는 절대적인 존재인 것이다.

이반 일리치의 정신적 고통은 자신이 무슨 이유로 신에 의해서 이런 가혹한 형벌을 받아야 하는가에 모아진다. 살면서 단 한 번도 의도적으로 남에게 해를 가하지 않았으며 도덕적으로도 바르게 살았다고 판단하는 그에게 이러한 형벌은 그지없이 가혹하며 또한 도저히 이해될 수 없는 것이기도 했다. 이러한 고뇌 속에서 그는 끊임없는 고통에 몸부림친다. 이 상황에서 그를 더욱 괴롭히는 것은 죽어가는 자신에게 그 어떤 인간적인 공감과 동정도 보내지 않고 그저 가식적인 태도만 보이는 가족과 지인들의 모습이다. 죽음이 가까워올수록 그는 치료의 가능성보다 그들로부터의 진실한 공감의 말 한마디에 목말라한다.

그에게 진정한 공감과 연민의 태도를 보이는 사람은 하인 게라심뿐이다. 그는 자신을 동정하는 게라심의 진솔한 태도에 분노를 느끼기보다 오히려 따뜻한 위안을 얻는다. 이러한 과정을 통해 그는 점차로 그때껏 살아왔던 자신의 삶 역시 타인과의 진정한 공감을 도외시한, 자신만의 즐거움과 품위만을 중시하는 극히 피상적인 삶이었음을 느끼게 된다. 즉 그야말로 별것도 아닐 수 있는 따뜻한 말 한마디와 눈물 한 방울이 실은 인간의 외적 세련됨과 품위를 초월할 수 있는 진실한 가치가 있음을 그는 죽음이 가까워올수록 점점 더 분명하게 느끼게 되는 것이다.

그는 임종의 순간이 다가오면서 가족과 타인들에 대한 분노 역시 그들의 고통에 공감하지 못했던 자신의 탓임을, 그래서 자신도 그들을 괴롭게 하였음을 깨닫는다. 그들에 대해서 진정한 공감과 연민을 느끼자 그의 고뇌는 사라지고 이로 인해 그는 편안한 자세로 죽음을 맞이한다. 평소 자신과 가족 구성원들 사이에 완전한 벽을 설정한 후 자신만의 직무의 세계와 카드 게임 속에서 삶의 기쁨을 추구했던 그는 스스로 그 벽을 허묾으로써 최종 순간에 삶의 진정한 의미를 깨닫는 것이다. 그가 민원인들에게 보였던 형식적 공감은 검사와 판사로서의 자부심을 채워주고 관대한 사람으로서의 이미지를 성공적으로 관리하는 도구였을 뿐이다. 그런데 이제 그것을 대신할 진지한 공감이 찾아온 상태에서 그는 비로소 인간의 삶이란 어때야 하는가에 대한 깨달음을 얻는 것이다.

1903년에 창작된 「무도회가 끝난 뒤(После бала)」는 톨스토이의 단편들 중에서 가장 뛰어난 완성도를 가진다고 평가되는 작품이다. 폭력이 인간에게 어떠한 의미를 가지는지, 또한 「이반 일리치의 죽음」에서처럼 인간의 삶이 얼마나 순식간에 변화될 수 있는지를 동시에 보여주는 이 소설은 주제를 효율적으로 표현해내는 뛰어난 형식미와 함께 묘사의 수준 역시 뛰어나다.

작품의 주인공 이반 바실리예비치는 젊은 대학생 시절 한 아가씨의 아름다움과 당당한 자태에 매료되어 미칠 듯한 사랑에 빠진다. 그는 무도회장에서 그녀의 아버지인 대령이 보여준 인자한 모습과 딸에 대한 다정한 태도에 감동을 느낀다. 딸이 원하는 모든 것을 마련해주기 위해 자신은 낡은 부츠를 신고 다니는 아버지로서의 그의 헌신적인 모습은 이러한 감동을 배가시킨다.

그러나 이러한 애정과 감동은 무도회 다음 날 아침에 그가 우연히 본 끔찍한 장면에서 산산이 깨진다. 도망치고자 했던 따따르 출신 병사를 차마 눈 뜨고는 지켜볼 수 없는 무자비한 매질로 벌주며 끌고 가는 대령의 모습은 그에게 경악과 공포를 안겨준다. 대령은 이미 피투성이가 되어 애원하는 탈영병에게 더욱 심한 매질을 가하도록 부하를 다그치는 잔혹한 인물이었던 것이다.

사랑과 감동이 넘쳤던 무도회 장면과 추악함과 잔인함이 넘치는 체형 장면의 대비는 우리가 인생에서 흔히 느끼는 감동의 이면에 실제로는 얼마나 추악한 모습이 숨어 있을 수 있는지를 극명하게 보여준다. 톨스토이가 전기에 유지해왔던 '자연적인 삶'이라는 관념은 그것을 망가뜨리는 대령의 '가식과 위선'으로, 후기 이후로 유지했던 '죽음'이라는 관념은 '폭력'의 형상을 통해 이 작품에서 세련되게 표현되고 있다. 작품 서두에 주인공 이반 바실리예비치가 인간 삶의 모든 것은 '우연'에 의해 결정된다는 충격적인 발언을 하는 것은, 그가 이처럼 어떤 광경을 우연히 목도한 것에 의해 인생의 방향이 완전히 바뀐다는 것을 실감했기 때문이다. 이반 일리치가 우연한 부상에 의해 인생의 고통스러운 종말로 인도된다면, 이 작품에서의 이반 바실리예비치는 다른 종류의 우연에 의해 인생의 비밀에 눈뜨고 바람직한 삶으로 인도된다는 점에서 인간 삶의 취약함이라는 주제를 긍정적으로 승화시켜 표현해주는 존재이다.

톨스토이 창작의 최종 시기라고 할 수 있는 1906년에 쓰인 「내가 꿈에서 본 것(Что я видел во сне)」은 삶과 죽음이라는 심각한 주제를 인간 삶의 가장 보편적인 측면인 가족 관계, 그 중에서도 아버지와 딸의 관계에 적용시켜 독자들의 마음에 와 닿도록 표현한 작품이다. 자식들 중에서도 가장 애지중지하던 딸 리자가 소녀 시절을 벗어나면서 자신이 생각했던 정숙한 아가씨로서의 모습에서 이탈하는 것을 지켜보는 미하일 이바노비치에게는 불만이 누적된다. 러시아 최고의 귀족 가문에서 성장하여 상당한 명성을 쌓은 그는 오만함에 가까운 자존심을 가진 사람인데, 딸이 자신이 점찍어 준 최고의 신랑감들을 연달아 거부하는 것을 지켜보면서 그의 분노는 더욱 커져간다. 날이 갈수록 딸이 자신의 말에 따르지 않고 급기야 14세의 어린 소년과 철없는 연애까지 하는 것을 보게 되자 딸과 아버지의 관계는 최악으로 치닫게 된다.

한편 사교계의 꽃으로서 화려한 삶을 누리던 딸 리자는 인생의 참 목표는 무엇인지, 진정한 삶이란 무엇인지를 발견하지 못하면서 점차 좌절의 나락으로 빠진다. 자존심과 체면을 중시하는 아버지의 모습은 그녀에게 짜증을 불러일으키고 이에 부녀간의 갈등은

치유의 실마리를 찾지 못한다. 삶에 염증을 느낀 그녀는 당분간 정신적 휴식을 취하기 위해 핀란드의 숙모 집에 갔다가 한 스웨덴 대학생을 만나는데, 그에게서 러시아 사교계의 남자들에게서 느끼지 못했던 진정한 애정을 느낀다. 그러나 그와의 육체관계 후 그녀는 그와의 애정 역시 자신이 찾던 진정한 사랑의 모습이 아님을 깨달아 간다. 그가 실상 유부남이었음을 알게 된 후에도 그녀는 그와의 관계에서 발견한 사랑의 가능성을 어떻게든 진정한 사랑으로 발전시켜 나가보고자 했으나 그러한 노력은 수포로 돌아간다.

그녀가 뻬쩨르부르그의 집으로 돌아온 후 최종적으로 그가 그녀를 버리자 그녀는 자살 충동을 느끼고 이를 실행에 옮기려 한다. 그러나 자살 실행 순간에 방으로 뛰어 들어온 조카의 모습에서 모성(母性)이라는 것이 무엇인지를 여자의 몸으로 본능적으로 느낀 그녀는 자살 생각을 버리고 이제까지와는 다른 삶을 살아가기로 결심한다. 또한 얼마 후 느낀 자신의 임신 사실은 그녀로 하여금 스웨덴 남자에 대한 증오, 아버지에 대한 불만, 그리고 자신의 삶에 대한 그때까지의 모든 좌절과 실망을 넘어서는 완전히 새로운 삶을 향한 희망을 불러일으킨다. 그녀는 모두로부터 멀어져 뱃속의 아기와 함께 새로운 삶을 개척하려고 머나먼 도시로 몰래 떠난다.

그녀의 부도덕한 행실로 인해 자신의 체면이 손상되고 자존심에 극도의 상처를 입은 아버지는 부모로서의 최소한의 의무를 다하기 위해 그녀를 찾아가지만, 초췌하고 불쌍해진 그녀의 모습에서 아버지로서의 깊은 슬픔을 느낀다. 이것은 그동안 쌓인 그녀에 대한 분노를 눈 녹듯 사라지게 만든다.

이렇듯 이 작품은 톨스토이가 인생 말년까지 탐구해왔던 삶과 죽음의 문제를 '삶의 본질이란 무엇인가?'라는 질문으로 변화시켜 가족 간의 관계를 통해 진술하게 표현한 작품이다. 이 작품에서 삶의 본질은 가식적인 사교계를 탈피하여 진정한 삶을 추구하고자 했던 리자의 의식적 노력의 결과로서 제시되지는 않는다. 그것은 아이러닉하게도 오히려 그녀를 모욕했던 자의 아이를 뱃속에 가짐으로써, 그녀가 그토록 혐오했던 피상적인 삶의 결과물인 사생아를 잉태함으로써 그녀에게 제시된다. 또한 이렇듯 치욕적인 생명을 자신의 몸보다 아끼며 기르느라 초췌해진 딸의 모습은 역시 아버지의 자식 사랑 본능을 자극하여 그를 통곡하게 만든다.

즉 이 작품은 삶의 본질이 연구나 탐구의 대상이 아니라 인간 본연의 모습에 충실하게 사는 것임을 말해주고 있으며, 동시에 이러한 삶이야말로 죽음으로의 유혹 혹은 죽음의 공포를 이겨낼 수 있는 건강한 원동력임도 말해주고 있다. 인간 본연의 모습에 충실하다는 것이야말로 가장 자연스러운 삶의 모습이며 종교, 윤리, 도덕 등으로 표현되는 가치들을 초월할 수 있는 생명력을 가지기 때문이다.

이러한 점에서 이 작품은 도덕과 윤리의식의 고양을 문학의 최고 가치로 여겼던 후기 톨스토이의 창작세계에서 다소 이질적인 작품이라고도 할 수 있겠지만, 그 궁극적 의미는 '내가 꿈에서 본 것'이라는 작품 제목에서 상징적으로 드러난다. 작품 내에서 단 한 번도 꿈이 나타나지 않음에도 불구하고 이러한 제목을 사용한 것은 의미가 크다. 이미 오래 전에 부녀 관계가 상실된 아버지와 딸은 마치 꿈에서처럼, 즉 자신들이 그때껏 생각해왔던 것과 전혀 다른 예기치 못한 상황에 처함으로써 극적으로 삶의 본질을 깨닫고 행복한 부녀 관계를 회복하기 때문이다. 자신이 인식하지 못했던 혹은 거부하고자 했던 내면의 가장 순수한 모습을 마치 꿈속에서처럼 부지불식간에 깨닫는 것이야말로 인간이 도덕적 존재로 나갈 수 있는 최초의 출발점이 될 수 있다. 이것이야말로 인간이 올바른 삶을 살아갈 수 있는 최초의 토대이자 가장 원초적인 도덕으로서 톨스토이에게 비춰졌던 것이다.

레프 니꼴라예비치 톨스토이

Лев Николаевич Толстой

1828년 ・8월 28일(현재의 달력으로는 9월 9일. 이하 생존 시의 달력 기준으로 표기). 러시아 남부 뚤라 현에 위치한 부친의 영지 야스나야 뽈랴나에서 아버지 니꼴라이 일리치 톨스토이 백작과 어머니 마리야 니꼴라예브나 사이의 4남 1녀 중 넷째 아들로 태어남. 어머니 역시 러시아의 유서 깊은 볼꼰스끼 공작 가문 출신이었음.

1830년 ・8월 4일. 여동생 마리야 출산 후 어머니 사망.

1837년 ・1월 10일. 톨스토이 가족 모스크바로 이주.
・6월 21일. 아버지가 뇌출혈로 갑작스럽게 사망. 톨스토이는 이로 인해 한동안 심각한 우울 증세를 보임.
・이후 톨스토이 5남매는 아버지의 6촌 여동생 따찌야나 요르골스까야 부인이 양육함. 큰고모 알렉산드라 오스뗀–사껜 백작부인은 공식 후견임이 되어 줌.

1840년 ・요르골스까야 부인에게 바치는 시 「사랑하는 아주머니에게」를 씀.

1841년 • 후견인이었던 큰고모 오스뗀–사껜 백작부인 사망. 톨스토이 가족은 까잔으로 이주하고 작은고모 뻴라게야 유쉬꼬바가 새로운 후견인이 됨.

1844년 • 까잔 대학교 동방학부에 입학하여 아랍어와 터키어를 전공하기 시작함.

1845년 • 9월. 법학부로 옮김.

1847년 • 대학 공부에 흥미를 잃어가고 있던 중에 아버지의 유산을 형제들과 분할 상속하게 되면서 대학을 자퇴하고 영지인 야스나야 뽈랴나로 돌아옴. 농민들의 비참한 삶을 개선하고 그들을 도우려 했으나 환영을 받지 못하고 좌절함.

1848년 • 10월부터 이듬해 1월까지 모스크바에 머물며 인생의 목표를 찾으려 했으나 오히려 방탕한 생활에 빠져들게 됨.

1849년 • 뻬쩨르부르그 대학 법학부 대학원 입학시험에 부분 합격하였으나 더 이상의 학업의욕을 찾지 못하고 다시 야스나야 뽈랴나로 귀환.
• 야스나야 뽈랴냐가 속해 있는 뚤라 현의 귀족 자치 위원으로 활동하기 시작함.

1851년 • 중편 소설 「유년 시절」을 쓰기 시작(1852년 7월에 완성).
• 4월. 큰형이 이미 복무하고 있던 까프까즈로 떠나 머묾. 입대하기로 결심하고 견습 사관 시험을 치러 합격함. 체첸 전쟁에 참전. 동시에 틈틈이 창작 활동도 함.

1852년 • 9월. 유력 문예지 《동시대인》에 「유년 시절」이 실림. 공식 발표된 최초의 작품.

1853년 · 3월. ≪동시대인≫에 단편소설 「습격」 발표.

1854년 · 1월. 소위로 임관되어 3월에 다뉴브 강 근처 두나이의 부대로 배속 받음.
· 7월. 크림 전쟁에 참전하고자 하는 청원이 받아들여져 크림 반도 주둔 부대로 전출됨.
· 10월. ≪동시대인≫에 단편소설 「소년 시절」 발표.
· 11월. 크림 전쟁의 세바스또뽈 요새 방어전에 1855년까지 계속 참가함.

1855년 · 세바스또뽈 요새 방어전을 주제로 쓴 연작소설들인 「1854년 12월의 세바스또뽈」, 「1855년 5월의 세바스또뽈」 「1855년 8월의 세바스또뽈」을 ≪동시대인≫에 발표하여 문단의 큰 반향을 불러일으킴.
· 11월. 10월에 세바스또뽈 요새가 함락된 후 11월에 단기 휴가를 받아서 뻬쩨르부르그를 방문함. 문단의 유명 인사들과 교류함.

1856년 · 5월. 군에서 제대하여 야스나야 뽈랴나로 돌아옴.
· 11월. 「지주의 아침」, 「눈보라」, 「2인의 경기병」 발표.

1857년 · 1월. ≪동시대인≫에 「청년 시절」 발표.
· 2월. 첫 번째 유럽 여행을 시작하여 7월까지 프랑스, 스위스, 독일, 이탈리아를 둘러본 후 야스나야 뽈랴나로 귀환. 이때의 경험을 담아 「네흘류도프 공작의 수기: 류쩨른」을 씀.

1859년 · 「세 죽음」, 「가정의 행복」 발표. 야스니야 뽈랴나에 농민 자녀들을 위한 학교를 개설하여 열성적으로 교육에 임함.

1860년 · 7월. 유럽 교육의 현황을 살펴볼 목적으로 두 번째 유럽 여행을 시작하여 1861년 4월까지 머묾. 첫 번째 여행지에

추가하여 영국과 벨기에까지 둘러봄.
- 9월. 큰형 니꼴라이가 결핵으로 사망. 이로 인해 큰 충격을 받음.

1861년
- 2월. 러시아에서 농노 해방령이 반포됨.
- 4월. 귀국. 교육용 잡지 ≪야스나야 뽈랴나≫ 발간 작업을 계속함.

1862년
- 9월. 궁정 의사의 차녀인 당시 18세의 소피야 안드레예브나 베르스와 모스크바에서 결혼식을 올림.

1863년
- 『전쟁과 평화』 집필에 착수(1869년에 완결).
- 2월. 중편소설 「까자끄인들」을 ≪러시아통보≫지에 발표.
- 6월. 맏아들 세르게이가 태어남(톨스토이 부부는 모두 13명(9남 4녀)의 자식을 낳았는데, 그중 5명이 어릴 때 사망함).

1864년
- 9월. 톨스토이 작품집 2권 중 1권이 발간됨(1865년에 2권 발간).
- 10월. 장녀 따찌야나 출생.

1865년
- 『전쟁과 평화』의 첫 부분을 『1805년』이라는 제목으로 ≪러시아통보≫에 연재하기 시작함.

1866년
- 5월. 차남 일리야 출생.

1869년
- 『전쟁과 평화』 완결, 간행.

1870년
- 장편소설 『안나 까레니나』 구상을 시작함.

1871년
- 2월. 차녀 마리야 출생.

1873년	• 3월. 『안나 까레니나』의 집필을 시작함.
1875년	• 1월. 『안나 까레니나』가 ≪러시아통보≫에 연재되기 시작함.
1877년	• 『안나 까레니나』 완결. 그러나 마지막 8부는 세르비아 전쟁 묘사에 관해 ≪러시아통보≫ 편집인과의 의견 충돌로 인해 게재를 거부당함.
1878년	• 톨스토이 본인이 직접 수정하여 『안나 까레니나』 전편을 단행본으로 발간함. • 제까브리스트인 스비스뚜노프, 무라비요프 등과 교류함.
1879년	• 삶과 종교의 문제에 관한 고민이 점차 심화됨. 야스나야 뽈랴냐로 그를 방문한 스뜨라호프는 국가와 교회 체제에 관한 그의 반감이 높아졌음을 목격함. 논문 「교회와 국가」를 씀.
1880년	• 그때까지의 자신의 삶과 문학 활동에 대해 전면적인 반성과 개심을 표현한 「참회록」을 쓰기 시작함.
1881년	• 단편소설 「사람은 무엇으로 사는가」를 씀. • 러시아의 제도권 교회 체제와 종교에 대한 강한 비판적 시각을 전개한 「나의 신앙은 무엇인가?」, 「그렇다면 우리는 무엇을 해야 하는가?」, 「신의 왕국은 우리 마음속에 있다」 등의 논문을 구상하여 1884년까지 순차적으로 발표함.
1882년	• 「참회록」을 완결하였으며, ≪러시아 사상≫에 발표하고자 하였으나 러시아 정교회의 강력한 반대에 부딪혀 출간이 금지됨. 이로 인해 1884년 국외인 스위스 제네바에서 처음 출간되었고, 러시아 국내에서는 1906년에 와서야 ≪세계통보≫지에 실려 출간되었음. • 「이반 일리치의 죽음」 집필 시작(1886년에 완결).

1883년　• 10월. 그의 제자이자 조언자이며 비서의 역할까지 하게 된 체르뜨꼬프와 처음으로 알게 됨.

1884년　• 6월. 삶과 문학에 대한 달라진 태도로 인해 아내와의 불화가 깊어짐에 따라 첫 번째 가출을 시도했으나 실패함.
　　　　　• 11월. 자신의 사상적 저작물들을 본격적으로 출간하기 위해 출판사 ≪중재인≫ 설립.

1885년 - 1886년
　　　　　• 자신의 새로운 문학관을 민담 형태로 집필하여 ≪중재인≫지에 게재하기 위해 여러 편의 작품을 씀. 「두 형제와 황금」, 「사랑이 있는 곳에 신도 있다」, 「등불」, 「두 노인」, 「바보 이반 이야기」, 「사람에게는 땅이 많이 필요한가?」 등등.

1886년　• 「이반 일리치의 죽음」 완결, 발표.
　　　　　• 중편소설 「홀스또메르」 완결.
　　　　　• 새로운 장르에 대한 도전으로 희곡 『어둠의 힘』을 씀.

1887년　• 중편소설 「크로이체르 소나타」 집필 착수(1889년에 완결).
　　　　　• 작가 레스꼬프와의 교류가 시작됨.
　　　　　• 육식을 끊고 채식주의를 실천하기로 공표함.

1890년　• 「크로이체르 소나타」를 작품집에 수록하는 것이 검열로 인해 금지됨(1891년에 허용).
　　　　　• 중편소설 「신부 세르기」 집필 시작(1898년에 완성).
　　　　　• 장편소설 『부활』을 구상하고 집필에 착수함(1899년에 완성).

1891년　• 논문 「교리 신학 비판」을 씀.
　　　　　• 중앙 러시아 지역 여러 곳에서 대규모 기근이 일어나자 구호 활동에 적극 참여하여 1893년까지 계속함.
　　　　　• 자신의 모든 작품 저작권을 포기하려 하였으나, 가족의 심

한 반대에 부딪쳐 1881년 이후 발간 작품들의 저작권만 포기하는 것으로 공표함. 그 이전 시기 작품들의 저작권은 아내에게 양도함.

1895년   • 8월. 체호프가 야스나야 뽈랴나로 톨스토이를 방문하여 교류가 시작됨.

1896년   • 중편소설 「하지 무라뜨」 집필 착수(1904년에 완성하였으나 사후인 1912년에 출간됨).

1897년   • 논문 「예술이란 무엇인가?」를 씀. 예술의 참된 목표는 예술성의 발휘가 아니라 인간의 도덕성을 고양시키는 것에 두어져야 한다고 역설함.

1898년   • 뚤라와 오룔에서 발생한 기근 구제에 참여함. 캐나다로 이주하려는 두호보르 교도들을 돕기 위해 「신부 세르기」와 『부활』을 완성하여 출간하기로 결심함.
          • 『부활』 내용에 현실성을 보완하기 위해 여러 감옥의 수감자와 교도관들을 만나봄.

1899년   • 『부활』을 탈고하고 잡지에 연재함.

1900년   • 희곡 『살아 있는 시체』 집필.

1901년   • 2월. 정교와 그리스도를 모욕하고 적대감을 노골적으로 표현했다는 이유로 인해 러시아 정교회로부터 파문당함.
          • 9월-11월. 티푸스와 폐렴 등으로 인해 한동안 크림반도에서 요양함.

1902년   • 야스나야 뽈랴나로 귀환.

1903년 - 1904년
- 「무도회가 끝난 뒤」, 「회상」, 「위조지폐」, 「성직자들에게」 등을 발표.

1904년
- 러-일 전쟁에 반대하는 「생각을 고쳐라!」라는 제목의 기고문 발표.
- 8월. 형 세르게이 사망.

1905년
- 단편 「꼬르네이 바실리예프」, 「알료샤 고르쑉」, 「산딸기」 발표.

1906년
- 단편 「무엇을 위해서?」, 「신적인 것과 인간적인 것」을 씀.
- 단편 「내가 꿈에서 본 것」을 씀(사후인 1911년에 간행됨)
- 11월. 둘째 딸 마리야의 사망으로 인해 극도의 슬픔에 빠짐.

1908년
- 사형 제도에 반대하는 논문 「침묵할 수 없다!」가 해외에서 발표됨.

1909년
- 폭력으로 악에 맞서서는 안 된다는 내용의 서한을 간디로부터 받고 자신도 이에 호응하는 답신을 보냄.
- 톨스토이의 비세속적 삶을 찬양하고 그에게 재산의 사회 환원 등을 조언한 체르뜨꼬프와 이에 반대하는 톨스토이의 아내 사이의 반목이 심각해짐.

1910년
- 10월 28일. 유산의 사회 환원과 저작권 포기 등으로 인해 발생한 가족과의 갈등을 견디지 못하고 가출함. 자신의 뜻을 따르는 막내딸 알렉산드라와 주치의만을 동반함.
- 10월 31일. 도중에 폐렴에 걸려 간이역인 아스따뽀보 역에 하차함.
- 11월 7일. 아침에 아스따뽀보 역에서 사망.
- 11월 9일. 야스나야 뽈랴나로 이송되어 매장됨.